AQUARIUS

AQUARIUS

AQUARIUS

AQUARIUS

每個人心中都有一座島嶼，
藉文字呼息而靜謐，
Island，我們心靈的岸。

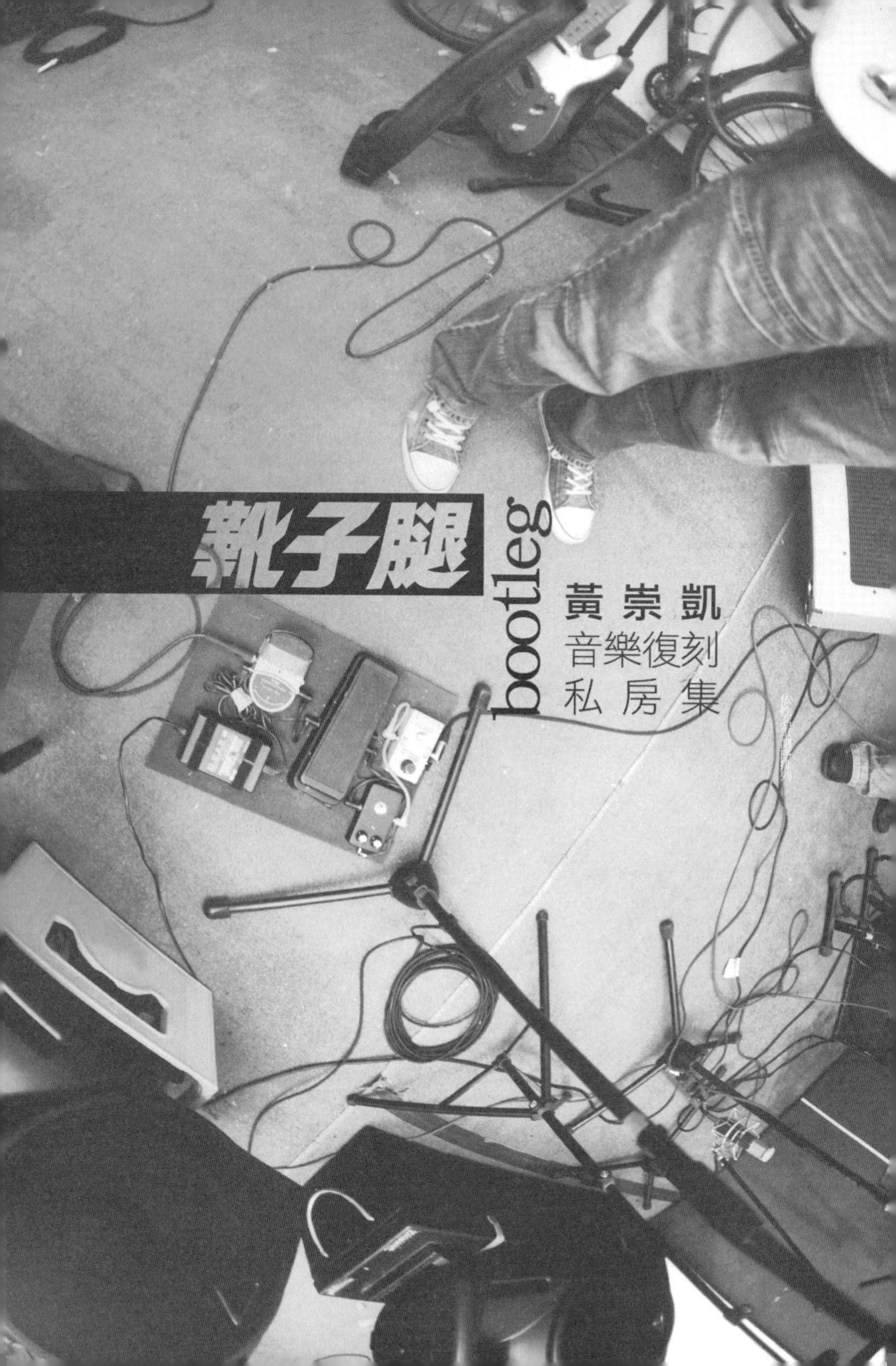
靴子腿
bootleg
黃崇凱
音樂復刻
私房集

【推薦序】
點頭示意，若你聽得見

◎馬世芳

那是哪一年的事情？為了辦活動，我到中部的C城去勘查場地。那是一間剛開張沒幾個月，極為富麗堂皇的夜店，孤聳在城郊的十字路口。中央的舞池挑高四層樓，駐唱歌手的舞台背景是整片順著石砌牆面流下的瀑布，燈光斜斜打在上面，馬上散發出極盡頹廢的時尚氣味。裝潢用的都是時髦的深紅深藍色系，走道和階梯邊亮著一束束細心安排的小小聚光燈，把精心打扮的紅男綠女照得很有劇場感，彷彿大家都走進了好萊塢電影裡的高級賭場。朋友告訴我：那間夜店生意始終很好，老闆很有辦法，包廂裡經常有熱情捧場的道上弟兄，和喝得滿臉通紅的警界長官。

彼處不只門面漂亮，音響系統也花了大錢，低頻深沉而不含糊，高頻清脆而不刺耳，即使在極大音量仍然層次分明、游刃有餘，想來不單砸下許多銀兩，還得有專家細心指導，才能整治出那樣的氣勢。台北那些live house，和C城這兒一比，都不免顯得寒磣了。

然而儘管裝潢、燈光、音響都很到位，人客的模樣也挺體面，彼處的音樂卻不免令我失望：那兒有不只一組駐唱歌手，按日輪流獻唱，唱的不外乎全台灣酒吧歌手都膩味熟爛倒背如流的那些歌：4 Non Blondes的〈*What's Up*〉（1992年帶點「另類風」的女子搖滾名作，就是副歌反覆唱「Hey hey hey……I say hey, what's going on?」的那首，原版其實還不賴，不知為何我們的做場歌手總會表演過度，把它唱成咬牙切齒的哭調仔，或者抬頭挺胸激昂亢奮的軍歌）、Joan Jett的〈*I Hate Myself For Loving You*〉（1988年排行金曲，做場歌手的翻唱版好像永遠抓不到原狗罐破摔的骯髒勁兒，結果就像威士忌偷偷被換成了黑麥汁，喝再多也high不起來）、還有比較新的，Gwen Stefani的〈*Hollaback Girl*〉（歌名好像被翻成「哈啦美眉」？這樣算起來，那該是2005或2006年，這首舞曲橫掃全球，奪獎無數。這歌乍看白痴無腦，卻是歌者有意為之，真正厲害的是那義無反顧的挑釁氣勢。這部分總是被做場歌手徹底忽略，於是只能變成貨真價實的白痴無腦）。

駐唱歌手不在舞台上的時候，駐場DJ負責播歌。老實說，DJ的音樂品味也就那麼回事，幾乎都是「懂疵懂疵」的「廣嗨」和「台嗨」（即港產、土產的「搖頭歌」），舞場那耗資不知多少萬的超重低音放起來，每個「懂疵」都震得你從腳底麻到頭頂，倒也是奇妙的經驗。

可惜我不懂跳舞，駐場樂團第二個set唱完，DJ再度「懂疵懂疵」的時候，場內越來越熱鬧，大家越來越high，我卻很快就頭痛起來，只好匆匆告辭。

正式辦活動那天傍晚，我提早到那兒協調各項雜務。事情安排妥當，我們一時沒事，營業時間也還沒到。工讀生啟動空調，慢吞吞拖好地，排好桌椅，一桌桌擺上當日促銷酒牌和菸灰缸。就在這時候，駐場DJ來了。他一言不發，沒跟任何人打招呼。天色已暗，舞場一片漆黑，他走到櫃檯後，摸摸弄弄，點亮幾排燈，提供最低限度的照明，然後默默走到DJ台，坐下。那是全店中央正對音響系統的「黃金位置」。他從包裡摸出一片CD，餵進機器，按下PLAY，扭大音量，然後點亮一支菸，深吸一口，往後躺倒，閉上雙眼。鍵琴、貝斯和鼓從那極之厲害的音響系統流洩而出：

哈囉？有人在嗎？
點頭示意，若你聽得見
有人在家嗎？……

沒有疼痛，你正在回歸
遠遠一艘船在海平線冒著煙
你正乘浪而回
你的唇在動，你說什麼我卻聽不見

小時候，我發過一場高燒
雙手腫得像兩只汽球
現在那種感覺又回來了
我沒法解釋，你不會了解
這不該是我的模樣……

小時候，我曾驚鴻一瞥
那是什麼，從我眼角掠過
回頭望去，它已消失
再也無法觸及
孩子長大，夢已走遠

曾幾何時，我已放心麻痺自己……

摧枯拉朽的電吉他揚起，像一陣狂風，掃過所有瑣碎的俗麗的朝生暮死的物事。這C城的夜店，倏然幻化成一座聖殿，籠罩著史詩的光芒，凝止在翻騰的樂符之中。

是的我知道這首歌——〈*Comfortably Numb*〉，出自英國前衛搖滾樂團Pink Floyd的雙專輯鉅作《The Wall》（1979）。吉他手David Gilmour簡直朝聞之夕死可矣的獨奏，屢被譽為「搖滾史最偉大吉他solo」。這專輯名滿天下，然而它太悲壯、太沉重，實在不能常聽。我做夢也沒有想到竟會在彼處與它重逢。

駐場DJ靜靜吸著菸，把整張《The Wall》放完，正是開始營業的時間。他換播一張「慬疵」迎接第一批來客，依舊不發一語，面容沉靜，像入世修行的高僧。

我終究沒有找他攀談。事隔多時，漸漸連他的臉孔亦不復記憶，只記得他在Pink Floyd的音浪中仰躺吸菸的模樣。前兩年，C城大舉掃蕩夜店，聽說那間孤聳城郊的舞場亦已歇業。我想，應該是不會再遇到他了。

這幾天讀年輕作家黃蟲（黃崇凱）的小說集，每篇都以一首歌命名，埋著與那首歌呼應的情節。黃蟲對過往的流行歌曲用情很深，於是讀著讀著，腦中也自動播起背景音樂。我猜，黃蟲大概是不認識那位C城DJ的，然而讀完這幾十則小說，竟也彷若補完了當年那DJ的故事。闔上書稿，回想那夜神奇的一幕，或許那駐場DJ，現在仍在哪間Pub打工，依舊習慣早到，為自己放一張Pink Floyd呢……

（本文作者為廣播人、文字工作者，著有散文輯《地下鄉愁藍調》）

【自序】
Intro

先說「靴子腿」（bootleg）的名稱由來。美國於1919年制訂禁酒令，所有酒精含量在5%以上的飲料，禁止製造、販賣和輸入。整個1920年代正是美國禁酒令最雷厲風行的時期，但仍無法完全禁絕私酒釀造販售，當時許多私酒即是藏匿於靴筒裡，因此「靴子腿」後來引伸為所有「未授權出版品」的泛稱。

在我年幼無知還需要跟著父母屁股逛夜市的時候，我就時常徘徊在夜市擺著最多喇叭音響的攤位，隨意瀏覽架上的錄音帶。那時候的小孩根本沒錢買下一卷正版錄音帶，父母多半也只會掏五十元出來買卷「熱門金曲龍虎榜」之類的最新主打歌大合輯給孩子，那大約是我最早關於靴子腿的記憶。

當然靴子腿有很多種模樣，它可能是追逐某些歌手或樂團的樂迷們爭相收藏的未公開發行現場演唱錄音，偶爾也會變身為我自製的勁歌金曲，或者酬神廟會表演者的歌唱錄音卡帶，甚至是我母親自己錄下的個人翻唱專輯。

當我越長越大，抽屜裡的卡帶逐漸被一張張扁平的光碟給取代時，我並沒有意識到這是一種時代記憶的漸進終結。由於長期在外求學的緣故，每逢返家，總會有那麼個夜晚閒來無事，想要翻出保存在抽屜盒子裡的高中週記、作文簿或生日卡片。然後總會遇見那些遺落在抽屜角落安靜堆疊的卡帶。一塊一塊的卡帶，積木般堆出某個回憶片段的場景和氣味，甚至可以聽見那些細微的說話聲。撫摸著惹滿一片微塵的卡帶，類似失憶者急切地想重拾記憶的感受猛然湧上，只想好好再聽一卷錄音帶，躺回過往柔軟的聲音床舖上，回想一些還記得的事。總在這個時刻，發現錄音帶的磁帶早已佈滿了霉菌。我用盡辦法都無能使那些錄音帶恢復原狀，才明白有些事物原是留在想像裡才能美好如初。

　　而才有了這本《靴子腿》。

A面

靴子腿A面目錄

【男女情欲寫實現場】

【滯留那年代的回憶】

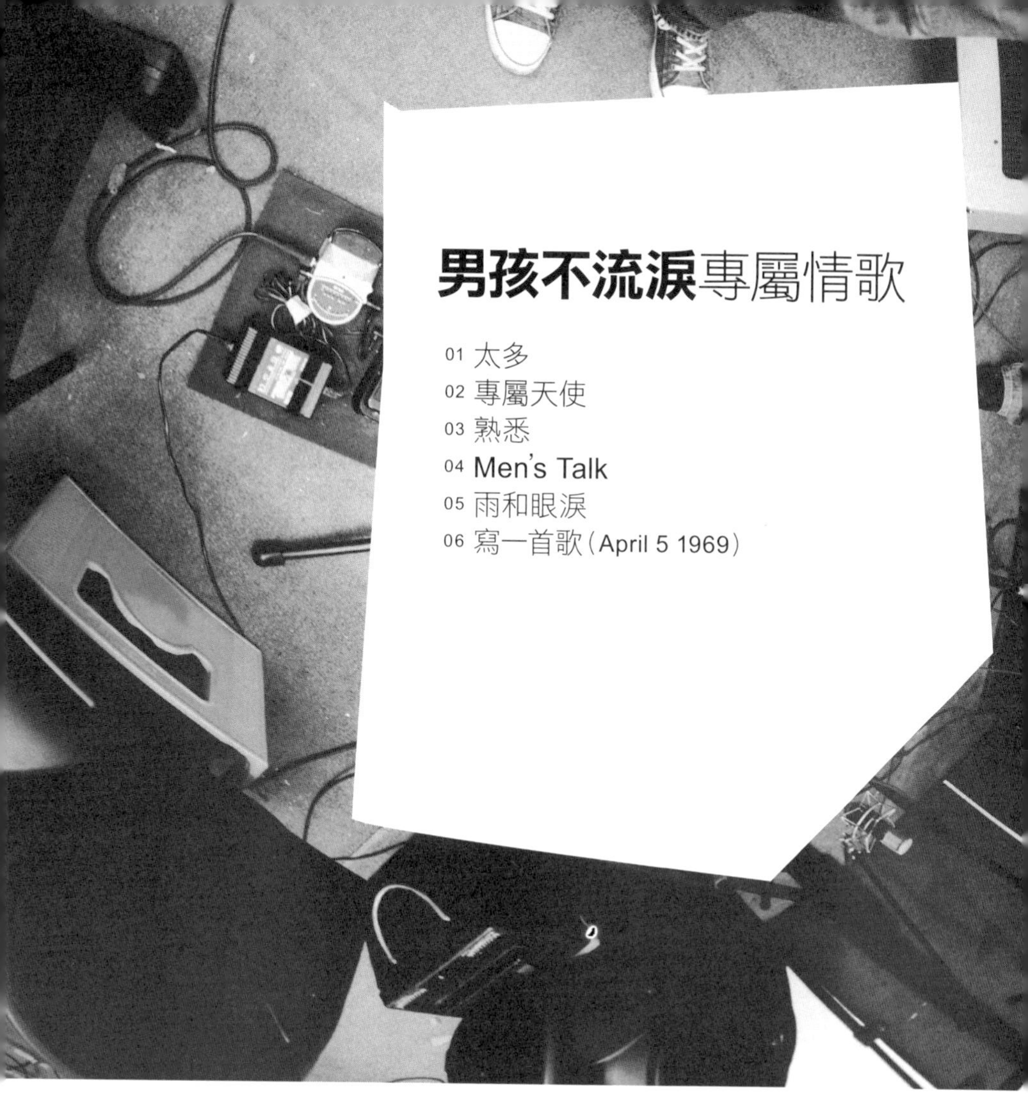

男孩不流淚專屬情歌

01 太多
02 專屬天使
03 熟悉
04 Men's Talk
05 雨和眼淚
06 寫一首歌（April 5 1969）

聽這首歌的時候，不知為什麼直覺歌詞中的女孩就是妳，妳飄浮在我的想望裡，也飄浮在一首歌裡。漫長的十五個小時航程，我的MP3隨身聽只有這一首歌，而我只是重複再重複地聽，讓想像餵養我的睡眠，我的睡眠餵養我的飛行。

太多

詞／鴻鴻（原詩作者）、陳綺貞，曲／陳綺貞。
收錄於陳綺貞2005年《華麗的冒險》專輯。

在下雨音樂奏起的時候
把她送上鐵塔給全世界的人寫明信片
像一隻鳥在最高的地方／歌聲嘹喨
喜歡一個人喝著紅酒的女孩
但不能喜歡太多

在我出發之前，我收到妳的明信片了。我不知道妳是不是像被送上鐵塔寫明信片的那個女孩，要寫給全世界的人，還是只寫給我。

在我出發之前，我寄了這張專輯給妳，因為我正要開啟一場華麗的冒險，到兩萬公里遠的地方，到與我相差七個鐘頭的地方，和妳相聚。聽這首歌的時候，不知為什麼直覺歌詞中的女孩就是妳，妳飄浮在我的想望裡，也飄浮在一首歌裡。所以漫長的十五個小時航程，我的MP3隨身聽只有這一首歌，而我只是重複再重複地聽，讓想像餵養我的睡眠，我的睡眠餵養我的飛行。

出機場的時候是早上七點，抬頭望向外國冬天的月亮，仍舊努力在漆黑的天空開得燦亮。我數算著妳的時間，等待撥一通電話給妳。後來才發現電話是空號。

我的隨身聽沒有休止地播放同一首歌，似乎歌詞的每一個字都要被搾擠出來，而曲調的每一顆音符都要發芽了。

其實舊地重遊就是一種憑弔，因為什麼都在改變。這次來到這個叫做ANGER的小城，比上次順利得多（列車沒有發生故障必須中途停下等待換車），車站出口處的斜坡卻沒有妳戴著圍巾、揣著熱湯等著我了。我穿著同一件羽絨外套，拖著行李箱緩緩在街道行走。我拿出小城地圖，讓行李箱滾過窄窄的石板路，響得格登格登。那張地圖上面佈滿著紅線標記，那是我頭一次來記下的路線圖。於是我順利找到了那家旅店，甚至也住進了同一間房。

我沒忘了一起去過的餐廳，更沒忘了晚餐之前順道到那家妳愛的巧克力店買一盒巧克力。周遭嘈雜依舊，但這次不害怕聽不見妳的聲音了。我吃掉整整兩客鴨肉，喝掉一瓶紅酒，像是要把上回沒吃掉的一起補回來。

走到妳寄居過的屋舍，兩旁汽車斜斜地嵌在人行道上，當然也路經妳從前最常使用的電話亭。不用說我是無法進門的，我連一句簡單的法文都說不好，更別說提起勇氣揿門鈴。離開的時候，真覺得自己遲到太久太久了。那首聽了整天的歌，幽幽地在耳畔響起旋律。

想到自己嫻熟於扣除七小時的時差計算，不免反向操作臆想那個存在於地球另一側、此刻正辛勤工作的妳，肯定沒想到我人正在這座小城漫遊。而那卻是與我無關的妳了。

我其實搞不清楚，怎樣的動力促使我再來一回。妳已然早早離去，我再次踏足每一處消散的痕跡到底意義何在？何況這裡堅硬的石板路，是踩不出任何腳印的。小城早早就昏茫欲睡，我原也該累了，躺在溫暖的被榻裡，仍是不斷反覆聽同一首歌，並且疑惑一首名稱叫「太多」的歌，卻怎樣聽也不覺太多。

一顆顆種下的音符，經著歌詞的反覆灌溉，最終都抽長茁壯了，一朵朵記憶的花蕊爆裂綻放。是了，這才是妳燦然升起的時刻，那個現在與我相距兩萬公里的人並不是妳。因為妳只存在這裡，這就是為什麼我在這裡。

隔天一早，我整裝上路，準備上到鐵塔，寫一張明信片給妳。那盒妳愛的巧克力完好地留在房間桌上，沒有被拆開。

專屬天使

詞／施人誠，曲／TANK。
收錄於TANK2007年《延長比賽》專輯。

沒有誰能把妳搶離我身旁
妳是我的專屬天使／唯我能獨佔
沒有誰能取代妳在我心上
擁有一個專屬天使
我哪裡還需要別的願望

嘿，妳知道嗎？當妳從我背後雙手環抱住我的胸膛時，我以為背上長出了一對翅膀，而我將載妳緩緩升空，不斷上升、上升，上升至最高的那一朵雲停住。我們都過了那個相信天上厚厚的層積雲是軟綿綿的年紀了，我卻還是希望當我們飛到那樣高時，雲是軟的，而妳也是。儘管我總害怕，我身上這對妳賜予我的翅膀會不會像飛得太高的伊卡勒斯，一不小心就被熾熱的陽光給消融了，然後失速墜落。

嘿，妳知道嗎？我知道妳現在睡了，均勻的鼻息一呼一吸，迴盪在寂然的睡眠裡，也許有夢，也許沒有。我回想過去，那些只能漫步荏苒的生活，那些像被影印過的行動路線，即使在喧鬧的自助餐廳一口一口餵著自己，總是跳出貓咪安靜吃食飼料而周圍被漆黑包裹的幽深房間裡的畫面。一切的動作是那麼輕盈、靜默而自然，就以為這樣的日子也會這麼輕盈、靜默而自然地繼續下去。

但是，妳知道嗎？那天妳回去了，我獨自坐在妳剛才的座位，回想著妳等我出菜的騷動期待。

「真不好意思，等很久响。」

「呀，這是炸豆花啊？」

「呃？」

「是炸豆花！發明新菜色了耶！」

看那盤碎成糊塊的豆腐，到底怎麼弄成這樣的，我也想搞清楚。

「這個？」

「蛋炒飯。」

「我還以為是石鍋拌飯耶！」

回想到這裡，我覺得我完了，真不該示短的。我們開動，除了筷子碰撞碗盤的聲音，我們沒有交談。我懷著忐忑的心思慢慢扒飯，看妳一陣風似的挖豆花（不，是豆腐）、扒飯，好像剛參加完飢餓三十還是遇上了什麼絕色菜餚。突然妳停筷，大喊一聲。

「啊！」

「嗯？」

「不要動！」

「嗯？」

妳越過炸豆花和蛋炒飯，摘掉我嘴角的飯粒，從容地往嘴裡塞，繼續低頭吃飯，細細咀嚼。我們繼續沉默，沒有人說話，可那一瞬，我竟希望這樣的寂靜無聲可以繼續延長下去。

「你的炸豆花不太好吃耶。」

「不好意思……」

「是屬於那種，不太好吃但我很願意吃完的那種。」

妳知道，這種時候我很難接話的。於是，有一小片安靜飄到我們頭頂。不知聽誰說過，眾聲喧譁之時，偶爾總會出現那麼一下剛好大家都沒接話也沒出聲音的時刻，據說那正是天使從眾人的頂上路過。照這樣說，我們之間必然存在一個天使常駐在我們頭上吧！

洗碗的時候，我想著這是第幾次洗碗而已。以前自己一個人根本不會開伙，吃飯不過是種餵自己飼料的儀式。然後妳進來了，妳從背後摟住我，我錯覺長出一對厚實的翅膀。但妳知道嗎？我還是有點害怕飛翔，畏懼翅膀將會無聲消逝在陽光曝曬下。我感到翅膀正在輕微顫抖著。

後來我還是沒洗完碗，而妳回去了。

熟悉

詞／徐玫怡、厲曼婷，曲／庾澄慶、洪敬堯。
收錄於庾澄慶1999年《我最熟悉》專輯。

妳走過的樓梯／妳送我的毛衣
都很安靜地陪著我在這裡想妳……
時光會慢慢蒐集回憶慢慢堆積凝聚

曾士維每天早晨起床的第一件事——告訴她，也告訴自己：「祝妳幸福。」

接著他掀起棉被起身，去沖一個澡讓自己的腦袋起床，打理好，出門上班。又一個平凡的日子。他記不得是什麼時候開始養成晨起第一句話的念頭，只記得那個晚上默默抽著紙菸的感受。越抽越是冷，手心甚至冰涼得直竄指尖夾住捲菸的指甲。後來他去刷吉他，作了半首開頭充滿暴動的曲調。重複刷著同樣的和弦位置，直到手指尖紅紅腫腫的才停下。

曾士維從沒想過自己有一天也會成為朝九晚五的上班族。他以為他應該是混在錄音室裡一整天，和朋友一起寫歌、彈琴、作曲和吼唱；而不是現在對著電腦螢幕的空白文件檔，勉力要想出一句老闆滿意的slogan。到底是什麼讓他走到這間辦公室，而他也真把屁股擱在這辦公室的電腦椅的呢？

他時常想起過去載著她到遙遠的天母家教的夜晚。通常他急急飆車載她趕赴，就在恰好的時間摁下門鈴，看著她微笑進入那扇門。之後，他會待在附近的咖啡館等她下課。「天母」，他常想，「一個聽起來好遠的地方呢。」可是真待在那兒兩個小時等她，就連時間也令他覺得漫長起來。為了打發兩個小時的空檔，他會聽些歌，哼些旋律，試著寫下幾個短句在筆記本上；停一下，看看咖啡館的雜誌報紙；再分神一下，寫下一、兩句詞；停一下，把報紙摺疊好連同雜誌一起歸位，繼續想著在腦中空轉的歌曲，想辦法讓它具體一些。往往在他不經意時，她就自然跳現在曾士維的目光裡。他從未想過，是他太認真思考歌曲還是她太輕易出現在他眼前。

努力了一個下午，文件檔忽長忽短地增加刪減，他仍舊沒想出一句像樣的slogan。打了卡，只想在老闆沒有察覺之前像隻老鼠匆忙竄過整間辦公室逃回家。扭開鏽紅大門，踩上第一階樓梯時，一句「妳走過的樓梯」像她過去那樣轉瞬跳到耳朵，直直割開布幕，剩下的歌詞一一湧出。

「可能有四年多了吧？」他想，「欸，這首歌是誰唱的呢？」音符黏著歌詞緩緩地流洩出來，一段熟悉的旋律開始讓他旋轉。

他以為他們將會很好。一起旅行、一起唱歌、一起做飯……做很多兩個人一起的事。每當曾士維看到她安詳而均勻地熟睡呼吸，他就會覺得胸口暖了起來，使他的肺葉也均勻而安詳地運作。然而想起這幅畫面，更多的鬱結會開始凝聚堆積，直到掩蓋了他曾有過的祥和。所以他點起了菸，想假借一些溫暖的煙霧替他溫熱他寒涼結塊的肺葉，模擬當初凝視著她的狀態。

他抽了很多菸，還是找不回那道熟悉的肺臟運轉感覺。他騎著車走同樣的路線到天母，甚至到那戶人家按了門鈴，再依照慣例到附近那家咖啡館就座打發兩個小時。她當然再也不曾出現。儘管曾士維也不那麼確定她是不是還有在那戶人家擔任家教。

樓梯走完的時候，他打開門，那句沒想出來的slogan還困在腦漿的什麼地方掙扎。他此時只想從箱裡抄出吉他，狠狠刷那半首暴烈的曲調，看能不能試著把歌寫出來。

然後，等待明晨說那句「祝妳幸福」。

【本篇圖片提供／open】

Men's Talk

詞曲／鄭華娟。
收錄於張清芳1992年《光芒》專輯。

後來我才知道／有些話你只對朋友說
你們叫它做／淡水河邊的MEN' S TALK

很多事都會有後來，每一個後來也都是之前的後來一一拼貼上去的。就像我眼前的小白板，上頭寫著「你豬頭」、「大混球」，墨水早已風乾和板面融在一塊，無法抹去了。我老早忘記擁有過這一塊小白板了，要不是需要整理這些堆疊在老家房間陰暗角落的紙箱，我想我不可能會記得它。不總是這樣嗎？許多物件只在當時才會有意義，場景推移，線條像張錯位的描圖紙慢慢錯開時，才慢慢能理解，就算後來手中還保持著事物的原貌，那也早就不是反覆在腦海中繪製的景象了。就像我眼前這塊白板，上面已經佈滿密密麻麻的細小刮痕，間雜些易見的髒污摩擦，怎麼揮動破舊脫線的板擦，也只是揚起塵蟎而已。

我使力試著想起那些遙遠的清晨、下午或夜晚，她曾寫在白板上的句子和詞語，幾件交代的叮嚀或待辦的事務。白板在那段時間反覆被擦拭，反覆寫上數字和文字，後來養成習慣，回到家或出門前都不經意瞄一眼，作為提醒。而作為提醒的現在，關於板子曾經出現又不復追尋的字詞，只剩下眼前兩行，短促得想不出其他句子。卻只記得她塗寫白板的後腦勺和背影。不知為什麼那個背影的她總是穿裙子，而不是長褲或短褲，就是只有長長的裙子而已。這幕影像和眼前的這塊白板，都一起定格在這一瞬，不再跑動了。

我想起那些詭辯家說的時間。如果從一開始所有的影像都一樣，自頭至尾都駐留在她書寫白板的孤零背影，我會有後來嗎？我能發現時間正在流動，也正在流逝嗎？這樣也許就沒有後來了。很長一段時間裡，在我寫下的種種篇章中，我發現「也許」是個很常出現的詞語。我不喜歡說模稜兩可的話，也不愛寫兩邊討好的句子，唯獨這個「也許」屢屢現身在文章段落的每一處轉角。也許，「也許」代表一種可能的語氣，或希望，或期待，而那是有機會抓取的。只是，所有這些「也許」，後來都像一開始被機器彎爪抓起的絨毛娃娃，總會在靠近洞口的時刻軟弱躺回那一落溫暖的小箱子裡。

記不得為什麼她要寫「你豬頭」、「大混球」了，那應該是玩笑才對。可是我僅有的不可抹滅的她曾短暫停駐的鱗爪，這已是最後一片了。想不到玩笑竟然是最後存活的實體，而過去那些浮游記憶都可以不算數了。後來回首檢視，多出來的只不過是一些斷裂的思緒和情節，導致看上去像個迢遙的夢。所有的事情都在倒退發生。後來我還是沒有和她結婚，後來我還是沒有嘗試進入她的心思，後來我還是拒絕她介入我的世界，後來我們不大說話，後來我們不怎麼開玩笑，後來我們不再餵彼此吃飯……倒轉後來是危險的，這些淡漠的過程很容易推到極致成為一則諷刺：「我們在一起了，後來分開了。」拿掉「後來」，整個句子會冷漠成：「我們在一起了，分開了。」而中間的時間竟然沒有存留過的痕跡。

後來我把那塊白板丟進一堆破舊家具裡。

雨和眼淚

詞曲／陳如山。
收錄於四分衛樂團2001年《Deep Blue》專輯。

因為／哭泣的臉
是為了你離去做好準備
瞬間，邂逅烏雲密佈
誰能夠召喚這場雨……

我還不認識左拉的時候，她就常常坐在窗外的位置上。每天每天，當我走到那家咖啡館就會先看見她的背影，面對著發光的螢幕，臉上倒映著稀薄的微光。接著我會落入想像世界裡，模擬許許多多和她可能的對話。直到一天傍晚的大雨，打破了我的所有想像。左拉端著電腦，倒映在臉上的微光依舊，走到靠窗的位置和一個男常客併桌。我可以肯定他們彼此並不認識，在此前也從未交談，但他們的確是坐在一起了。接近午夜時分，左拉先行離去，我挪了位置到那個常客邊，問：「你們認識？」

「喔，是來併桌才認識的。」

「這麼說來是她跟你搭訕囉？」

「呃，這樣說起來，算是吧！」他訕訕地笑起來。

媽的，我真羨慕他。左拉怎麼就不來跟我併桌？我猜測因為左拉喜歡靠窗的位置，才選了個看起來也不怎樣的傢伙併桌。說起來，他看起來像是沒啥殺傷力的待宰弱雞，我想左拉並不是看上他的外表。從那天以後，我總是選在靠窗的位置，等待一場滂沱大雨把左拉召喚到我的面前。然而等到的卻是一場漫長的乾旱期，整座城市開始輪流停水限水，咖啡館因應策略就是改用紙杯，糕點也用免洗紙盤裝著，每個人都像是外帶飲料糕點來咖啡館食用似的。雨遲遲不來，左拉卻跟那隻弱雞似乎越來越熟悉了。現在他們每次碰面都會互道再見不說，有次我還看見他們像國中生那樣往來傳著筆記本，密密麻麻不知寫些什麼。幾次之後，他們開始像朋友般打屁哈啦，偶爾會聽見左拉幾記爽朗的笑聲。媽的，我一定說過我很羨慕那隻弱雞。忍不住了，我又去和弱雞搭話：

「你和搭訕女好像不錯哦！」

「還好啦，她叫左拉。」

「哦，原來她叫左拉。」我早就知道了，弱雞。

「你們該不會開始交往了吧？」

「哈哈，你想太多了……」媽的，死弱雞，你那掩嘴微笑的表情是怎麼回事？

我放棄和弱雞裝熟。趁著他上廁所，我順手把他的筆記本幹走。結帳走人時，我的心臟還狂跳得很厲害，覺得自己犯了什麼殺人放火的大罪。整個晚上，我反覆仔細翻看弱雞的筆記本。我突然對自己的舉動感到害怕。我在還不認識一個人的時候，已經見過她的字跡，知道她讀過哪些書，喜歡哪些電影還有喜歡烤餅乾的興趣。我越認識筆記本裡的左拉，就越不認識那個常常坐在窗外位置面對著發光螢幕的她。我偷偷蒐集了限水以來她用過的紙杯和紙盤，假裝那是她遺落的物品。但左拉並不認識我，我們只不過是同一家咖啡館的常客。儘管我知道她那麼多那麼多了，我還是必須每天坐在靠窗位置上等待窗外一場雨的降臨。

媽的，我真的很羨慕弱雞。

寫一首歌（April 5 1969）

詞／順子、JEFFC，曲／順子。
收錄於順子1999年《I Am Not A Star》專輯。

That love's in the air
it doesn't matter where……
月亮在你的眼睛／太陽在我心
現在我唱這首歌／只為你

如果極端要求重建妳的出生場景和時間點，我應該回到妳降生的醫院手術房才是，而不是半夜跑來妳家樓下，甚至把自己打扮得像妳，獨自慶祝妳的又一個生日。

現在時間是凌晨三點十五分，離妳出生的時間只剩下三分鐘。我就站在妳家樓下的馬路，抬頭仰望那扇漆黑的窗戶。本來是想大喊祝妳生日快樂的，可是路邊兩個計程車司機還在聊天，只好作罷。我唱起生日快樂歌，輕輕地祝妳生日快樂，把那簡單的旋律小聲地哼出來，一字一句緩慢唱著。我總共唱了中、台、英語三個版本，全部的意思都一樣是祝賀妳的生辰。

騎車過來的路上，迎面襲來的風颳得我的眼睛似乎有些敏感，眼眶受了潮。後來我停車，佇在要上妳家的階梯口，仰頭凝視那扇漆黑的窗口好一會兒，等我回復正常的脖頸位置，發覺眼淚回流，倒灌到眼袋飽飽暫存著了。我是不是該慶幸妳住在大廈的十三樓呢？萬一妳住的是地下室，我的眼袋大概就得一傾而盡了。

今晚清冷多了，對比那些個與妳夜間散步的時刻，車輛和晚風吵架的聲音特別宏亮。從前那盞路燈有我們兩個向它敬禮招呼，現在我只從它底下偷偷溜過，再不敢正視那恆久堅定的燈芒了。我並沒有準備任何生日禮物給妳，只是悄悄在這種夜深時分，遠遠地給妳祝福。去年此時，我這裡的時間快了妳六個鐘頭，妳還在生日前的黃昏，我這邊已經為妳吹完蠟燭、切完蛋糕了。我一直對無法在妳生日當天陪著妳感到遺憾，然而那卻是我開始獨自替妳過生日的起點。

如今我們身在同一座城市，身處同一塊時區，妳不再需要我給的生日卡片、生日禮物、生日快樂歌和生日蛋糕了。我只有穿著妳留在我這邊的毛衣、牛仔褲和帆布鞋，戴上我送妳的耳環，站在妳家樓下，朝上望向一口光芒死去的窗。我不會彈吉他，因此無法浪漫地撥著琴弦唱歌給妳聽；但我帶了為妳寫的詩篇，打算在唱完生日快樂歌後，一篇篇朗誦給妳。但那也是等我點好蠟燭，為妳切好第一盤生日蛋糕之後的事。

我希望我切的這塊蛋糕形狀還可以（妳相當清楚我的刀工不

佳，奶油和海綿蛋糕總是劃分不清），它看起來是塊不錯的扇形立方體。妳知道我並不愛吃甜食，但我會為妳吞下所有的剩餘蛋糕。當我說：「這樣好，這樣才能讓嘴巴甜一點，唸很甜的詩給妳聽。」妳會蜷起指掌輕柔搥打我的臂膀。

點完蠟燭，唱完生日快樂歌，切蛋糕前要許下三個願望。從前妳不說出最後一個願望，現在我則是連妳其他兩個願望許下什麼都無能知曉了。而且我還必須獨自面對一整盒蛋糕，才能進行朗誦詩篇的儀式。

或許我該瞭解，畢竟妳是離開我了。但我總能替妳過我們還在一起時候的生日吧？那個時候我就該理直氣壯且名正言順。所以我掏出那一年為妳作的詩，完成替妳慶祝生日的儀式。對我來說，妳永遠是那個年紀數字，而我只能也只會替妳慶祝那個屬於我的另一個生日——我當時真的濫情到以為妳的降生完整了我，妳的出生年月日在那一刻賦予了我更重大的象徵意義。

雖然妳鼻息均勻地躺在十三樓，無知地埋首在睡夢裡，讓妳的生日輕巧地跨過了妳。

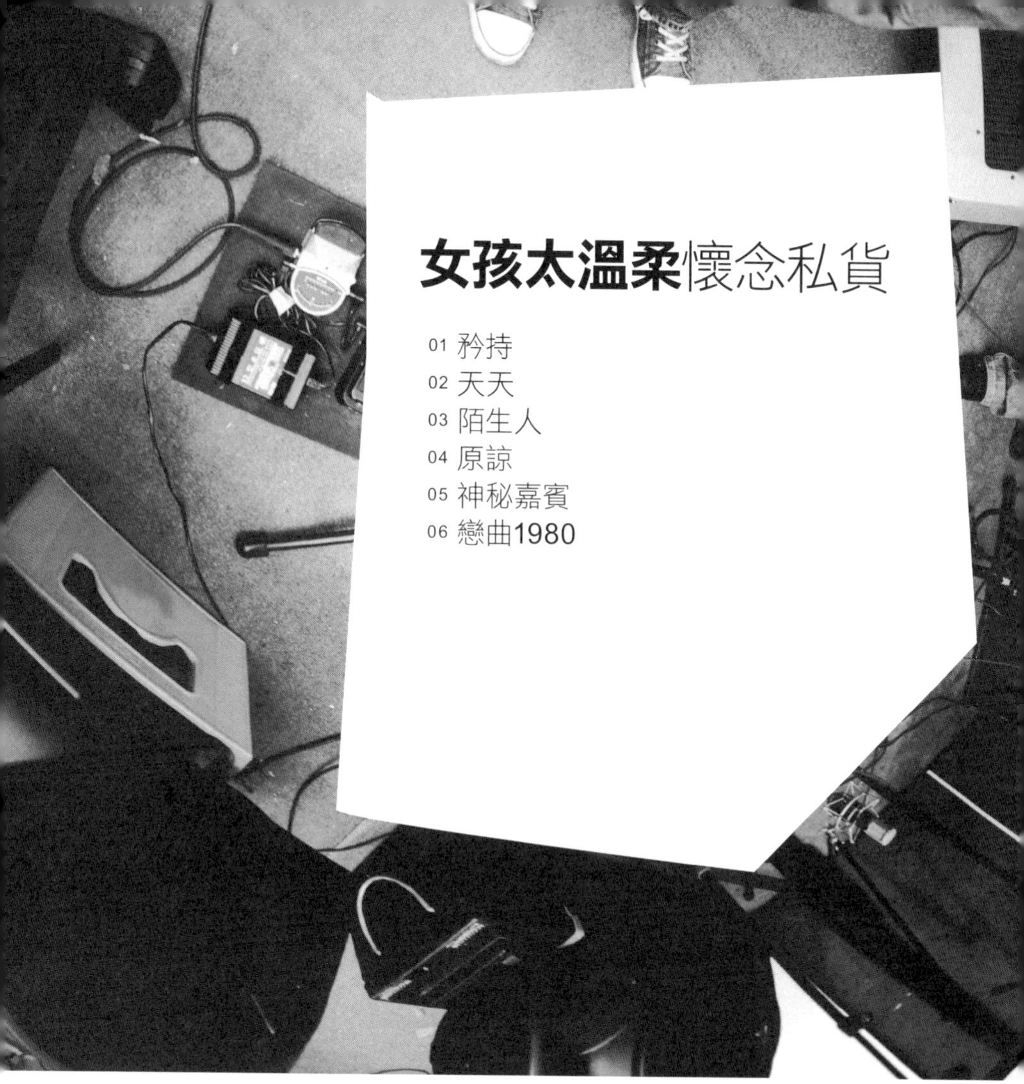

女孩太溫柔懷念私貨

01 矜持
02 天天
03 陌生人
04 原諒
05 神秘嘉賓
06 戀曲1980

有些東西是鎖不住的。那些電影剪輯片段般的時空情境、他不經意流露出的陰鬱眼神、他掌心的溫度、和他擁抱著卻感覺距離他異常遙遠的滋味。但她知道這些都是會慢慢模糊，繼而被堆疊到難以想起的回憶底層。

矜持

詞／許常德，曲／郭子。
收錄於王菲1994年《天空》專輯。

我從來不曾抗拒你的魅力
雖然你從來不曾對我著迷
我總是微笑的看著你
我的情意總是輕易就洋溢眼底
我曾經想過在寂寞的夜裡
你終於在意在我的房間裡

她想要一個自己的房間。曾經聽說過，某個好萊塢男星四處飄浪投宿在各地的旅館長達十數年，即使他賺了再多錢，也從來不去買一幢自己的房屋，哪裡拍戲就住哪裡的旅館，拍完了就換地點。她相當好奇，難道他都沒有什麼具有紀念價值的私人物品嗎？例如女朋友送的衣服、朋友送的書、小時候父母送的機器人或者是小學時候保留下來的獎狀作業簿之類的嗎？人不就是會隨著年紀漸增，也背著越來越多的物品共同過活嗎？像她，想要在自己的房間裡放置一個超大櫥櫃，好裝放她的漂亮衣裳，掛上的裙襬可以自然垂落；弄一張小小的深色單人沙發椅，配一盞鵝黃溫暖的立燈，可以在下午安靜地喝一杯熱茶，發幾分鐘呆，什麼也不想。

然後她想要一張國王尺寸的大雙人床，可以盡情地在軟墊上翻身滾動而不用擔心會掉下床的侷促窄仄。她會有一具蜂巢式木架，上面可以擺放她的時尚雜誌、化妝品、收斂水、卸妝油、潤膚乳液、護手霜、指甲油這些繽紛的瓶瓶罐罐。當然還有一面全身穿衣鏡，隨時可以讓她審視整體的衣著顏色搭不搭、有沒有層次感、達不達到自己可以穿出門的水準。她書桌上的電腦，該是超輕薄的筆記型電腦，既不佔桌面空間，也不會讓整張桌子看上去顯得擁擠逼狹。還要有兩、三個鞋盒做信件卡片收納盒，依照各個時期分別置入。接著在每日整裝踏出門前，回望一眼房間擺設，心滿意足地鎖上門。並且在每日返家時，從一室漆黑之中以光明喚醒自己的房間。

對了，千萬不能忘了電視，還必須接上第四台。她列好房間物件清單，篇末補上了電視。她還是得有電視，以免空幽的寂靜充斥房間的角落，飄浮在每一寸地板上。至少打開電視，還有一堆不認識的人的說話聲、笑聲和哭聲可以掩蓋貧乏的思緒。

她急急翻出紙片，再補上一項附註「留給他」。她想應該留一框木格子給他，讓他放一些書啊打火機啊什麼的，或者也該挪出一段掛衣槓給他掛外套和襯衫，留一小格抽屜給他放襪子和內褲。她總是喜歡替他摺衣服內褲，細細地把衣物線條妥貼揑直，平整地疊放穩當。可能手在動眼在看腦袋卻停止思維，在做這些瑣事時，總是覺得時間從她背後輕盈地踩過。

但那畢竟是只能建築於腦中的房間。與幾個男人的擺盪之中的日子，她總是和他們共用一個房間，共同分享一個櫥櫃和一張床。她的衣物總是得委屈地摺疊在櫥櫃的底層或乾脆放在紙箱；分到的一小格置物櫃，只夠放下一、兩管保養品；而書桌總是被一大台電腦螢幕和鍵盤佔據，放本雜誌的面積都不夠。她有時恍若住在昏暗的紙箱中，如一隻在黑夜中發抖的流浪犬，只能以烏黑的眼珠凝視闇啞，並等待光芒點亮眼眸。

男人們從不真的為她設想一個完整的空間。他們只想侵奪、攻略她的領地，佔據她手機中的來電名單。她的手機總是填充了共居的男人們，而床鋪總是被另一具軀體躺去一半。

她還是想走出紙箱，卻猶豫著要不要畫掉附註框框裡的三個字。

天天

詞／娃娃，曲／陶喆。
收錄於陶喆1999年《I'm OK》專輯。

那馬路上天天都在塞
而每個人天天在忍耐
沒有你日子很黑白／原來這樣就是戀愛
我想要你在我身邊／享受生命中的一切
我想要天天說，天天說……

打完那通電話，她就在書店裡等他。過去她曾多次等候他，總是以各地方的新、舊書店作為約會標的處。就像她的醫學院同學，約起什麼聚會總是以各地區的醫院作為集合地點。

她思索過他為什麼這麼愛逛書店、購買書籍。她覺得那像是女人忍不住逛街，不覺累地挑揀小飾品和各類配件的物欲嗜好。但在他面前，她總是覺得逛街購物比起買書矮了一截。即使他的房間已經被書本塞得爆滿，甚至一度把書庫擴充到她房間了，他仍然一本接一本買。她當然知道男人不可能讀完所有的書，可是當男人逛書店，眼神專注在書架上逡巡時，又感到男人是如此真切而誠懇。儘管她總是覺得自己像一件行李，被男人拎著到處遷徙在各家書店與書本之間，她還是相信男人對於書本，以及書本所象徵的知識有著深切的渴求吧。

過了十分鐘，男人沒出現。一樓已經逛得差不多了，她上到二樓童書區。她對於書實在沒什麼熱情，而且她知道這不是相較於男人而言，她知道她就是沒有。男人什麼類型書店都去，包括賣簡體字書的大陸書店。那是她最感沉悶無味的——她一點也不想認簡體字，因為那好醜好怪，每個方塊字的筆畫都稀少得讓她認不出來。簡體字書店裡，中年男子和老阿伯特別多，看到他們和男人的年輕身影一起在書堆裡翻揀書籍，她總想「不會吧，他老了就是這德行？」而感到些微的失落。她跟男人說要到簡體字書店對面的便利商店看雜誌，男人慣常頭抬也不抬，目光對著書架上的新書說妳去妳去。

和男人在一起的時間，最多花在等待上。等他駕車來接，等他和友人聚會結束，等他逛書店，等他看完書、等他把頭抬起來好好正視自己認真說一句讚美的話，等待他可以不要再讓她等待。

她哼起她最喜歡的歌，「那馬路上天天都在塞，而每個人天天在忍耐⋯⋯」好幾個姊妹淘都很喜歡這首歌，因為它很甜很順口。這首歌播放出來時，幾個姊妹淘總是在想「什麼時候才會有個天天說愛的人對自己唱這首歌呢？」她反而不那麼想，她只是喜歡歌詞開頭敘述的簡單場景、簡單的日常疲憊感受，那種想暫時躲避到戀愛裡的滋味。她太明白真正的戀愛是很累人的，尤其是回饋很少的時候。就像她的等待。

後來她發現了男人愛書的祕密。他是主控者，他想要進入哪本書就進入哪本書，而書可以隨時被他丟開、冷落。大量的書給他大量的選擇，那滿足他對於知識的貧乏想像——擁有很多的書讓他看起來似乎比較有學問。當她體悟到自己也只是眾多書籍中的一本，便決定不再被他打開了。

她逛著逛著下了樓，忽然擔心起自己今天的打扮和體重。他會不會發現我穿了耳洞？會不會覺得我胖很多？會不會覺得我頭髮很亂？……才剛擔心起這些，馬上想到現在已不需要再討好他了，卻又想到自己和他約在書店的習性畢竟還在。

二十分鐘了，男人仍舊沒有出現，她的等待延長著。

陌生人

詞／姚謙，曲／蔡健雅。
收錄於蔡健雅2003年《陌生人》專輯。

我不恨你了／甚至感謝這樣不期而遇
當我從你眼中發現／已是陌生人了
我已是陌生人了

她一邊聽著〈陌生人〉，一邊跟著哼。她感覺上有好多歌都跟「陌生人」有關，不過也懶得真去一首一首查出來。

她記得，男人初追她時，有一次說要跟她借一分鐘。他只是要她盯著他腕錶上的秒針慢慢地走完一分鐘。她記得當時不過整整一分鐘，怎麼像三分鐘那樣長。待秒針走回原點，她竟吁了一口氣。她第一次發現，就像凝視一個漢字卻越來越陌生的感覺；原來時間也是盯著看就會四分五裂的。男人說：「這一分鐘妳是屬於我的，這是不容否認的事實。」好幾年以後，她才發現男人不過在模仿電影《阿飛正傳》裡張國榮追求張曼玉的橋段。她知悉時感到失望極了，原來，原來自己也不過是粗糙的複製品而已。

她曾經想過無數次，多年以後重逢的時間點、地點和場景的氣味。她想過，多年之後再度回望多年之前，她的戀愛會不會是一種相互押韻的關係。她想過，搭上那一條通往他家的捷運線，或許就會在某一天與他不期而遇。她想過，在搖晃的車廂中，上了整天班的疲累身體和近乎潰散的妝扮，就在半睡半醒的模糊狀態中睜眼見到了他站在眼前，因而令自己驚呼出來。然後他們重逢，他們重新開始戀愛。太美好了，以至於她都不覺得這可能發生。即使她願意接受自己是個複製品的事實。

真正的景況應該是這樣子吧：一樣在搖擺的捷運車廂中，她用吊環把自己拉直得如一尾死魚，泅泳在潮水般的人群裡，不時與陌生人擦身而過。偶然對上了一雙眼睛，一時湧現在哪裡曾經看過的熟悉感，那雙眼卻轉瞬消逝在推擠或撲來的人潮中。乍乍想起來是他，車廂已嗚咿嗚咿閉上門了。然後她會崩然失去對時間向度、空間維度的生存感，有那麼一分鐘，真的讓她以為是三分鐘，或更久。

她記得所有他愛吃的食物：鮮蝦餛飩麵、酒釀湯圓、番茄、剝皮辣椒、巧克力可麗餅……還有什麼呢？以前她認真背誦過的，甚至列了一張清單早晚誦唸，以免自己差勁的記憶力讓他以為自己不在乎他。後來她和他經歷過幾十萬分鐘，分開來看，一分鐘一分鐘都過得倉促而沒有意義，她覺得只有這幾十萬分鐘累積成日成月成年，那個時間的味道才釀得讓人迷醉。

她手邊還留著他送的記事本、手機掛飾、幾封他偶爾寫來的情書、幾件他送的衣服、他送的錶。她還記得，從前和他約會時，總會穿上最漂亮的那一套內衣，彷彿自己是一只包裝好的俄羅斯娃娃，等待他打開自己。後來，她把所有關於他的物件都收到一只鞋盒裡頭，像關閉一家歇業的戲院，鎖在櫃子的最裡層，以防自己時不時輕易讓自己崩解。

可是有些東西是鎖不住的。那些電影剪輯片段般的時空情境、他不經意流露出的陰鬱眼神、他掌心的溫度、和他擁抱著卻感覺距離他異常遙遠的滋味。但她知道這些都是會慢慢模糊，繼而被堆疊到難以想起的回憶底層。

包括那電影複製品的一分鐘，即使令她銘刻難忘，總會有一天，她自己也會成為一個陌生人。那麼，不管是一分鐘、鞋盒或剝皮辣椒都無法再傷害她了。

原諒

詞／徐世珍，曲／Kiroro。
收錄於張玉華2002年《Celest》專輯。

原諒把你帶走的雨天
在突然醒來的黑夜
發現我終於沒有再流淚
原諒被你帶走的永遠……

點開相簿時，有本相簿名為「那些女孩教我的事」。只是有個發亮的黃色鑰匙阻隔在她眼前。嘴唇一咬，試他的姓名注音碼，不中；試他的生日數字碼，眼前螢幕一白，正要跳往重新整理畫面，成功了。她赫然發現，長長一串編號，看看相簿顯示的頁碼，竟然顯示到第三頁——以每頁二十五張照片計算，也就是說共有七十五個女孩。七十五？多麼駭人的數字？又不是籃球比賽，需要得那麼多分嗎？

她想看看自己到底排在第幾號，照片旁邊寫了什麼標語。不過不急，慢慢一一看過去也沒關係。天字第一號，上面說她是「教會我乳房是世界上最美好事物的女孩」；第二號，「穿過她胸罩的我的手」，什麼鬼，他以為他在歌唱大賽啊？她想。……一張張刷過去的女孩和姿態，她沒有稍作停留，瀏覽整本相簿的所有女孩。其中幾個讓她印象稍微深刻的號碼是：第十一號、二十五號、三十九號、五十一號、七十四號。

第十一號：「綽號and one and two，最喜歡用雙手食指抵著臉頰的女孩。她的手指就像馬奎斯說的：『這個世界太新，必須用手指頭去指』的食指。」照片中的女孩將手指伸向天空，綻開笑容，角落處是一隻男人的手指。

第二十五號：「一切來自一個巧合。因為她的單眼皮，我第一次覺得加菲貓很可愛。」照片中的女孩背對著鏡頭，完全無法看到女孩的面貌。

第三十九號：「不斷說著謝謝的女孩。她總是簽上39代表自己。她說日文發音的39就是thank you。」烏壓壓的畫面，沒有圖像資訊只有不斷的女聲說著謝謝。

第五十一號：「她說他們家沒有人活過五十歲。所以取名『嫵伊』。她不喜歡國旗上有五十一顆星星的地方。她說天空那麼大，不能被幾十顆星星遮蓋了。」她根據圖片判斷，應該是一枚眼瞳，倒映著拍攝者的鏡頭畫面。

第七十四號：「倒數第二個女孩……」框框中完全空白。

看完這些照片，她相當疑惑自己到底在哪裡。整本相簿完全沒有她的照片。照理說，她應該出現在第九號與第十號之間。訪客紀錄上除了她，沒有人進入過。一定是什麼部分搞錯了。或許是系統出錯，或許是什麼其他顯示問題……她再細細檢查一次，依舊不見自己的蹤跡。

嘆了口氣，她再次把自己的照片夾在第九號與第十號中間，成了號外。她猜想，他會不會有一天發現自己多出了一個不曾交往過的女孩。這個女孩不曾跟他說過一句話，也不曾感受過他的掌心，更從沒有教他什麼事。她只是偶爾侵入他的網頁相簿，釋放自己對他的情感，把自己偽裝成幾十分之一。她感到無比的鬱結，在一種不被理解的糾結裡困住了。

她多羨慕這些女孩和編號可以教他幾十分之一的事，至少留得下一張小小的照片，訴說一瞬小小的片段情節。她只是想著，有一天他會不會發現，這本被鎖住的相簿裡有一張照片是沒有任何故事的。這個陌生女孩希望他至少察覺這一小片細節。

神秘嘉賓

詞／陳信延，曲／鄭楠。
收錄於林宥嘉2008年《神秘嘉賓》專輯。

全場觀眾都離席
剩下我／還在原地尋覓
耳邊聽著謝幕的歌曲／走不出去

後來她還是決定聯絡QPFCT。整座城市都在慶祝寂寞節的到來，每一家商店都打著寂寞之夜的促銷活動，好像擁擠的活動可以把寂寞推得更遼遠清寂些。這天走路到唱片行，匆匆忙忙只是想拿著剛到手的新專輯給什麼朋友看看，分享無處宣洩的喜悅感。喜悅感在前一秒鐘消失，她想起寂寞節人人都是一個人也必須一個人。她記得問過QPFCT，為什麼要有寂寞節？QPFCT告訴她，城市已經被填塞得太滿，總要有一天是有點距離地生活吧。QPFCT總是可以對所有事情做出解釋，她也持續相信他所有的說明。她實在太依賴他了，彷彿QPFCT是她對這個世界的使用說明書，只要依照頁碼索驥，所有疑惑的事項就可以獲得解說。那次她到訪QPFCT的房間，看見裝著滿滿書本的書架緊貼在三面牆壁，她本來就知道QPFCT是個愛書人，藏書數千，但親眼見到還是不免暈眩耳鳴，對她來說這簡直像是同時有幾千個人在說話吵架，而她一向拙於應付這樣的狀態。那一整個下午，她本來和QPFCT要一起出門看場電影的，卻因為她月經般的惡痛欲嘔，只能顫慄地躺在被書本圍繞的巧拼地板上。QPFCT在一邊並不說話，只是默默翻著架上的書，一本接一本，像在尋找什麼忘記夾在哪本書中的私房錢，一本接著一本。她忖想，QPFCT廣博的文學知識就是這麼累積來的嗎？昏昏沉沉地度過整個下午，傍晚時分QPFCT帶她出外覓食，說也奇怪，一出裝滿書的房間，她就覺得越來越好了。飯後還有活力逼QPFCT陪她去看晚場電影。QPFCT是很容易認真的人，尤其是專注在一件事情時，他會像缺條魂魄似的不怎麼理人。她覺得電影很無聊，看見鄰座的QPFCT那麼專心盯著銀幕，又更無聊了。一個畫面突然跳到她的眼前：為什麼QPFCT的房間裡沒有衛生紙？她仔細搜索腦中僅存的房間景象，始終沒發現任何一張衛生紙的跡象。她越想越好奇，輕輕拉著QPFCT的衣角，在他耳邊細聲問：「你房間怎麼沒衛生紙？」QPFCT沒回應。她再問了一次，QPFCT依然靜默。QPFCT的靜默也傳染到她這裡來了。不是指真的不說話，是腦子裡本來有的獨白也沒有了。她挪挪身子，小心弓著身還是留下銀幕上小小起伏的黑影山丘，安靜地走出戲院。她知道QPFCT並不會發現她不在了。她沒再去找他，直到這一天，寂寞節來了，她更沒理由找他了。一個人聽歌時，一個念頭像鉛筆那樣被削開了。不知為什麼，她竟然覺得自己最愛的人就是QPFCT。她感到非常害怕，怕QPFCT不再喜歡自己，更怕自己竟然比想像中的還喜歡他。這樣的情緒轉移到寂寞節上，當她醒悟到連這種私密感受都必須被大肆慶祝時，喧擾的寂寞就被促銷得更廉價了，像是在說她對QPFCT的愛意只是這些廉價寂寞造出來的。午夜一到，寂寞節一過，她想聯絡QPFCT，訴說自己這些日子以來對他猛烈增長的情愫。QPFCT始終沒接起電話，只有不斷轉到他語音信箱：「這裡是TCFPQ，現在不方便接電話，請留言，我會盡快與你聯絡。」連QPFCT也沒有了，她感覺她的寂寞節會繼續延長下去。

戀曲1980

詞曲／羅大佑。
收錄於羅大佑1982年《之乎者也》專輯。

妳曾經對我說妳永遠愛著我
愛情這東西我明白但永遠是什麼
姑娘妳別哭泣我倆還在一起
今天的歡樂將是明天永遠的回憶

她離開的時候我正在浴室幹著排泄的事，我隔著門板聽見她輕輕關上鐵門的聲音。很輕巧的那種關法，不帶什麼情緒的關上門。我不知道她還回不回來。從馬桶上掙扎站起來時，整條右腿都麻痺了，手撐在牆上，好一會兒我才能疏通血脈走出來。

小小的客廳非常安靜，壁癌吸食牆壁骨髓的聲音都可以聽見。眼前的擺設我是極其熟悉的，那堆散落的雜誌書報，桌上零星擺著的馬克杯還積著沒倒掉的冷咖啡、一包沒吃完的洋芋片和電視遙控器。兩人座沙發上丟著懶骨頭，薄被扭在沙發靠背上。這一切我都看得清清楚楚。但某些事已經不一樣了。

滿室安靜掀起耳朵裡的遙遠記憶，有個聲音說：

「愛情這東西我明白但永遠是什麼？」

我想既然她都離開了，也不知道回不回來，不如做點什麼吧。如果要填滿這座小小客廳的寧靜，得找些聲音打發過於擁擠的孤獨。

訪客是個胖女生，圓滾滾的臉在吃完巧克力布朗尼之後，很滿足地告訴我她的故事。她是單眼皮年輕女生，笑的時候眼睛會瞇成一條粗線。她說她原本很瘦並且有個男朋友住在巴黎，曾經有次她遠赴巴黎飛越很多海洋和大陸去找他。她抵達巴黎戴高樂機場時沒看見他，一句法語也不會的她焦急地哭了出來，有個同班機的台灣留學生看見她哭，就過去安慰她，並帶著她去巴黎蒙馬特區找她男友。找到他的公寓竟然發現鑰匙詭異地插在鎖孔上，本想一進門就質問他怎麼沒來接機，卻看見他和一個男人在一起，兩人赤條條地，那個白皙的洋人正張開嘴對著她男友的雞巴。她嚇壞了。驚嚇她的部分是她從來沒見過男人的雞巴，而她男友的雞巴看起來好紫好脹，有種醜陋的兇惡感。

「那個洋人真的要把那根東西含進去呢！」她不斷重複強調這一句。帶她一起去的台灣留學生趕緊關上門帶她離開。她那時一直哭一直哭，一路哭回台灣留學生的住處還止不住眼淚。哭累了她睡，夜半醒來她決定把原先要獻給男友的處女膜弄破。她把台灣留學生叫起來，要他幫忙破處。這個台灣留學生是同性戀，一點也不喜歡女生，勉勉強強地搞得她哇哇痛叫。隔天她就飛回來。

「然後呢？」我問。胖女生說她原本不胖喔可是回來之後提不起精神工作，只好每天吃吃吃，等到有天她站上體重計，才赫然發現自己已經不是原來的模樣。她非常焦慮，每天都在和意志力並肩作戰對抗萬惡體重，儘管她時常遺棄意志力自己偷吃。總而言之，來我這裡說這則故事為的是免費提供的午茶餐點。等她說完，也喝得茶杯見底，我送她出門，並感謝她分享故事給我。重新坐回空下的座位，對著空曠的餐盤茶杯，我想她的故事和我的故事其中應該有什麼共通啟示或意義才對。不久我聽見門鈴聲，胖女生折回來說是有東西忘了。

胖女生進來後，又坐在剛才的位置，有點氣喘吁吁。我倒了杯水給她，問她還想不想吃點什麼？「可以嗎？」我說當然。胖女生接著清掃家裡僅存的零食，兩包洋芋片（包括那包沒吃完的）和一盒花生夾心餅。她啃食洋芋片和花生夾心餅時，我依然思索著她和我的故事。當她吃完時，她問：「要做愛嗎？」我說：「我出去買點吃的。」

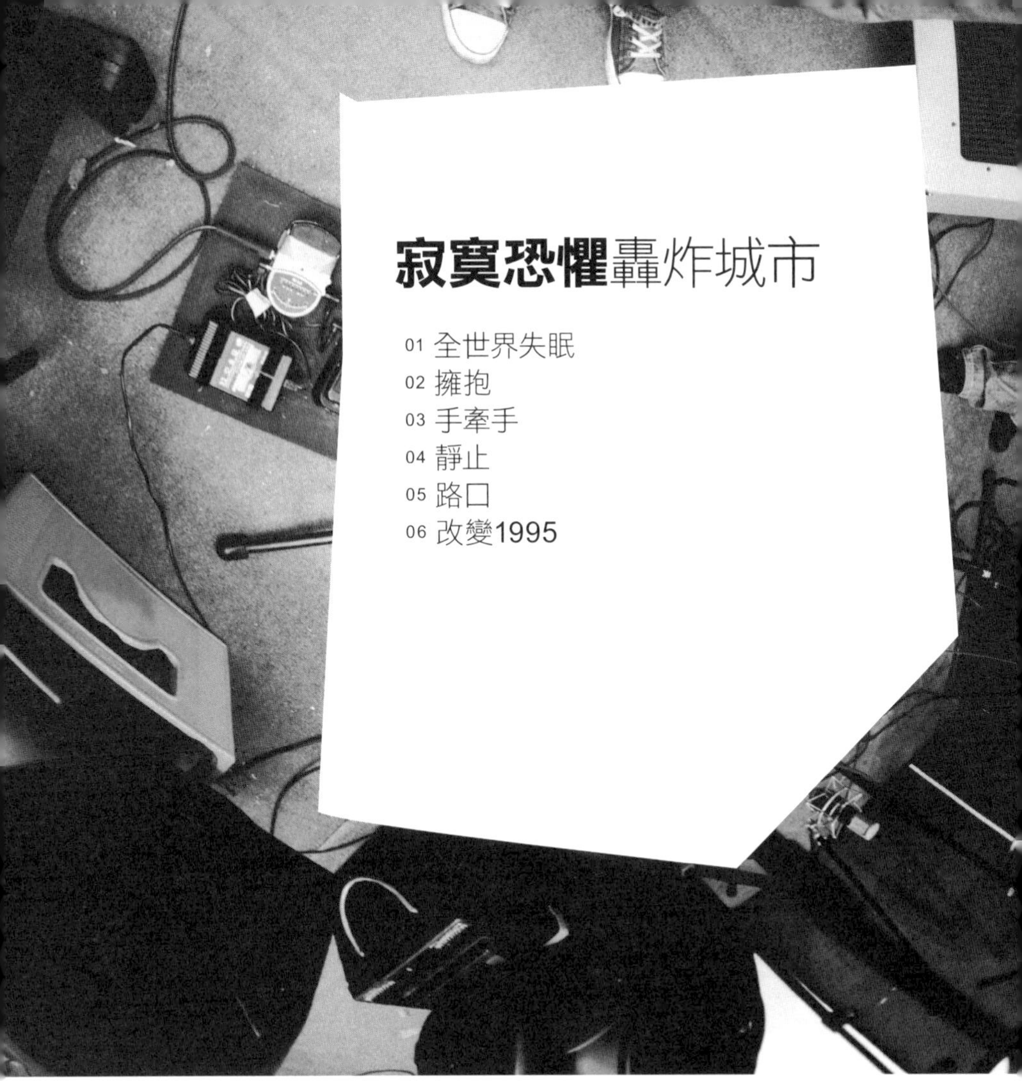

寂寞恐懼轟炸城市

01 全世界失眠
02 擁抱
03 手牽手
04 靜止
05 路口
06 改變1995

隔著逐漸模糊的窗戶，她的眼線也逐漸模糊了，整座城市下沉到另一個海拔高度，淹沒在模糊的窗景中。不管是窗外的雨水奔流，還是窗內的寂靜，她所能聽見的只有恆久的闃默。

全世界失眠

詞／林夕，曲／陳偉。
收錄於陳奕迅2001年《反正是我》專輯。

只怕感情如潮水／遠離我夢中的堡壘
一個人失眠／全世界失眠
無辜的街燈／守候明天
幸福的失眠／只是因為害怕閉上眼

雨，一滴，兩滴，如紡紗機迅速地織就起一張巨網，向廣闊的土地撒網，不到幾分鐘整座城市都被捕了去。隔著逐漸模糊的窗戶，她的眼線也逐漸模糊了，整座城市下沉到另一個海拔高度，淹沒在模糊的窗景中。

不管是窗外的雨水奔流，還是窗內的寂靜，她所能聽見的只有恆久的闃默。自從聽不見之後，她過於依賴視力，努力地想藉著視覺彌補聽覺所失去的缺漏。可是沒辦法的，她無法看見聲音，一百分貝以內的聲響於她是無知覺的。就算超過一百分貝，也只能感到微微的撼動，但感知的卻是皮膚受力的氣壓，再也不是耳朵了。

她讀樂譜，認為音符就是可以看得見的聲音。可是隨著時間的延長，她漸漸不大確定自己心中的音階了，也許mi的音是發作fa才對，或者倒過來，越來越不敢肯定。當她開始懷疑，總是著急地想找人問清楚，確認自己喉嚨發出的聲音是不是準確。從他人的嘴唇，她讀出了；卻又開始疑惑自己能不能準確地發音，而別人是不是又認真地看待她的疑惑。就連自己發出的聲音，她也都聽不見了，只知道自己正在發出聲音，正在說話。那是種純粹生理的運轉，像是肺部的舒張收縮或血液在管線中流通，切割了自己的動作和聲音。

為什麼她的耳朵一直被捂著了呢？

開始以視覺替代聽覺那陣子，她不習慣。手機必須具備來電閃光裝置，而家中的門鈴必須牽一條通上旋轉閃光燈，好讓她知道，有人打電話來了，有人來找了。可是那又有什麼意義呢？手機，她是再也無法接了，只剩下傳收簡訊的功能；而家裡是不會有什麼客人再來訪了。接著她就習慣了不開燈的日子。

漆黑之中，她暴烈地使用視力，電視機總是開著，然後自己在內心替那些影像動作、對話、音效配上內心獨語，告訴自己，我只是開了靜音。她以睜開眼睛的黑暗靜默取代閉上眼睛的黑暗靜默，鍛鍊自己的眼睛像被影印機複印強光掃射而過的暈白無神，持續地張開。

因為她害怕，害怕墜入夢中，她再度聽見了聲音，聽見了一切吵鬧的音響，聽見了自身寂然無聲的事實。

後來她便忘了自己並不是開了靜音看電視，習慣於一切動作聲音的死去，和睡眠的死去。恍惚之中，她甚至以為自己在做一個很長的夢，夢裡黑暗無聲，而她就泅泳在靜默的闇啞裡，睜開眼睛忘了睡覺。

她試圖以肉體的疼痛喚起聲音的記憶。卻只是染紅了牆壁和指節，她也痛得喊叫，而聲音記憶轉身背對著她。她真的害怕空曠的寂靜，卻再也無法扭開音響，讓傾瀉而出的音符佔領空洞的屋舍。她悲傷地認為，隨著聲音的死去、睡眠的死去，在她身上究竟還有什麼可以慢慢地死去呢？

她以蒼白的眼望著窗外的急雨，她感到視線模糊。是窗外的雨水潑灑得太激動，還是她深埋在暗夜的眼慢慢歸化於永恆的黑暗了呢？

她轉身望向室內，卻感覺旋轉閃光燈舞動的光芒像被貼上了毛玻璃那樣，模糊地亮了。

擁抱

詞曲／陳信宏。
收錄於五月天樂團1999年《瘋狂世界》第一張創作專輯。

脫下長日的假面／奔向夢幻的疆界
南瓜馬車的午夜／換上童話的玻璃鞋
讓我享受這感覺／我是孤傲的薔薇
讓我品嘗這滋味／紛亂世界的不瞭解

抵達這座城市時，他感到彷彿走入了卡夫卡的小說。曾有人跟他提過，讀懂卡夫卡《城堡》的最好方式，就是那種怎麼讀都極緩極慢，怎麼啃也無法進入字句血肉的哽咽在喉。就像書中的K，怎麼走、怎麼繞都進不去那座迷霧繚繞的城堡。

計程車放下了他，消失在街口的濃霧之中，方向燈一閃一閃像是急速消逝的信號燈，昭示著些什麼。他癡望閃光一會兒，提著行李選了個方向走去。很陌生，這是他從未踏足的地方，就連腳步聲迴響聽起來都不怎麼熟悉。路上沒有人，街道被團團包圍在濃霧之中。水氣匯集到他的鏡片上，白濛濛地使他不住拿下眼鏡擦拭。他的夾克、褲管都積了一層濕氣，手心也沁出了汗，覺得自己似乎套上了沒脫水過的衣物，黏膩膩的潮濕陰涼。

原本是要來這兒嗎？來這兒又是為了幹啥？漫步途中他提著行李，同時試圖認清自己的位置，又思考自己何以來此。他原本是在一列火車車廂裡，準備抵達一個有人等候的小鎮。可是途中火車故障，暫停在鐵軌上等待救援修理。他就是在這時候下車的。所有人都不知道他為什麼下車，就像他也不知道自己為何下車一般，紛紛以困惑而冷漠的眼神望著他拎著行李歪斜繞過人龍，下了車。

他是在什麼時候招上了那輛計程車？又是怎麼跟司機說明的？他不記得了。現在他又提著行李走著，朝不知名的方向。他突然想起什麼，急急放下行李，當街在路邊翻開行李，找尋些什麼。卻在翻找過程裡，再度忘記原先是急迫地想找些什麼。行李箱像被胡亂剖開胸膛的屍體，內裡的物品似臟器污血散了一地。他瞇眼仔細看看，這完全不是他的物品，因此這也完全不是他的行李箱。一股恐懼湧上，他不知道自己身在何處，也不知為何而來，手上唯一攜帶的行囊也不是自己的。他害怕極了，搜尋身上任何可以證明他的身分的證件資料。掏遍所有口袋，只有一張破損的舊照片。他開始找鏡子。

小城的濃霧沒有稀薄，只有轉濃轉稠的趨勢。他努力想找到一面鏡子，或任何一面可以倒映他的臉孔的玻璃。沒有。完全沒有。找尋鏡子的過程中，他越來越感到這地方絕對不存在任何鏡子，或許連所謂「鏡子」的概念都不存在。他繼續被霧氣層疊環繞，霧氣的厚度甚至讓他聯想到蛹，那灰白色的繭殼。他想到擁抱，緊緊包裹住一個人的軀體的緊密感。

他仍然沒有想通或記起任何事，當然也沒找到任何一面鏡子，霧依然瀰漫四溢。現在他只確定一件事：他將要擁抱那個擁有第一面鏡子的人。

手牽手

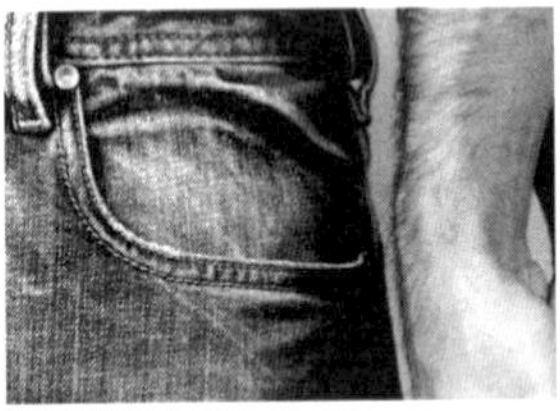

詞／王力宏、陶喆、陳鎮川，曲／王力宏、陶喆。
收錄於八十六位歌手合唱2003年〈手牽手〉單曲。

這世界／乍看之下有點灰
你微笑的臉有些疲憊
抬起頭天空就要亮起來
不要放棄你的希望和期待

於是城市被口罩圈養起來，地圖上露出了一小塊紅色區域，好像城市內裡又罩上一片過小的口罩，什麼都遮掩不住。城市西端那幢樓，恍若經歷地震的龜裂危樓或即將拆除的棄樓，整座被關進黃色警戒線。

封鎖第一天，我戴上口罩和安全帽，朝那座樓扔了一塊石頭，聽見清亮的玻璃破碎聲。所有圍觀者都轉頭尋找丟擲石頭的人，我跟著轉頭尋找。

樓裡陸續傳來吼叫聲，聽起來不像人類，更像是某些獸類的叫聲。實況轉播車和掛滿臂章證件的麥克風守著獵物似的，等著某些衝籠而出的物類。他們不停在門口警戒線邊踱步來去，把自己裝扮得像枚誘餌。偶爾出現幾隻逃跑的樓內人，外圍並不捉，只是以漫天蓋地的訊號播送他們的行蹤，以電腦動畫或圖解劃分細部的跨步動作，甚至可以清楚看見他們先跨出的是右腳。

後來他們全被捕進一籠更巨大的藩籬，分別被封閉在更狹窄的隔間內，被迫整天重複觀看自己逃走的過程。

第四天，我準備在樓的南面再扔一塊石頭，才聽見玻璃破碎聲，接著差點被一支深褐色玻璃瓶擊中。瓶子破片裡纏著一張紙條：「救我」。我邊注視紙條的兩個字看得字體四分五散，邊收拾腳旁的玻璃碎片和紙條，將它投遞郵件似的丟進路邊鐵皮垃圾桶。

據說有人該回去卻沒回去，他們同樣被捕進了比那座樓更封閉的牢籠，繼續重複他們的逃亡。那些沒成功翻越警戒線的人們，繼續被塞進樓裡，他們的叫聲越來越像失控的獸。據說有人在密閉的廊道裡昏厥了，沒有人去扶起他，因為他沒戴上口罩。廊道躺滿這樣的軀體，彼此交換呼吸。樓的每一片玻璃窗都裂開了，樓外的人們一開始還看見過樓內人勤奮地揮手或招手，後來只見到模糊的身影重疊迷濛，也不見再有手伸出窗外。

第十天深夜，我往樓扔進了石頭，沒聽見其他聲音，像是石頭還在飛翔或墜落，持續不斷。

獸般的嘶叫聲漸漸弱了，被路邊的車輛排氣聲量遮掩，只佔有一點點的分貝。我經過封鎖樓時，發現它似乎真的成為危樓即將被夷平。原先擠成一排的轉播車和交纏錯綜的線路，都消失了。樓的入口處徐徐吹出陰涼的風，有些陰沉腐爛的氣味徘徊著。我抬頭看看整座樓，才短短十數天已經衰老得斑斑點點，密佈著漆黑的窗口啞在半空中。

我抓起一把石子，也把手邊的瓶瓶罐罐全丟擲向樓，只有這些物件落地的回聲空盪在烏黑裡。我還戴著口罩，而氣味已經侵襲入鼻，我轉頭看看周圍，沒有人，連僅剩一半的臉都不願意停下腳步或將目光投向這幢樓。我朝著樓大喊，喊得整座樓像是只存在過我的回聲跑來撞去，跌成一片。我翻出整桶垃圾，朝那座樓試著丟出一點聲音，希望不只是回聲從黑暗跑出來。

我解下安全帽和口罩，拉起警戒線穿越入樓，把自己埋進闇啞的樓口。原來到哪裡都被會口罩隔離。當初應該留在樓裡的。

靜止

詞曲／大張偉。
收於楊乃文1999年《Silence》專輯。
原唱者、詞曲創作來自大陸「花兒樂團」。

空虛敲打著意志／彷彿這時間已靜止
我懷疑人們的生活 ／有所掩飾

你會記得一九九九年的夏天，待在那間窄仄賃屋等待大學開學的許多感覺：暗紅塑膠樓梯手把、幽腸般狹凹的樓梯、灑落在梯上一層層的壁癌粉末、透過鑄花鐵窗看出去的城市風景、室內闃暗的氣味、窒悶難耐的騰蒸熱氣……。你與阿龍租賃在一起，皆是沒錢沒女人的羅漢腳，整天只好悲哀的在屋裡打屁扯淡節省開銷。白天通常涼快些，所以不跑到外頭曬；夜晚屋內卻像住在公車排氣管後面，一股滾燙的氣流充斥，令人無法成眠。

既然睡不去，只好醒著了。彼時租屋附帶一台十七吋的小電視，只有無線四台，深夜時分總是播放著當時正值新專輯宣傳期歌手們的音樂錄影帶。你們當聽電台廣播那樣開著電視，讓細小音孔流洩出的歌聲遮蓋幾近窒息的悶熱。

夏日光陰彷彿真多了足足一倍供你們閒兜著大把濫用。長極了的白日悠光，長極了的黑夜靜謐。你總會陪著阿龍，赤裸上身僅著一條四角褲趴在陽台鐵窗邊抽菸，聊起你們中學同班以來的諸多舊事。包括國中時期他和班上那名老大哥聯合排擠你這個轉學生的往事。阿龍抽淡紙菸，味道不那麼濃，就像他提起這些過往之時的輕淡口吻。

「說起來，李君那時可說是很妒爛你了。他要我教訓你一頓。」

「到底，到底那時我為何那麼討人厭？」

「你誦讀英文的聲音太大聲。」

「原來是這樣子……」

你帶著恍然明白了的輕柔嘆息，原來是這樣子。阿龍持續靜靜地抽著菸，菸頭一滅一閃的釋放煙霧，背景音樂則是當時發第二張專輯正狂打歌的楊乃文〈靜止〉MV。曲子前奏極盡嘈雜的電子吉他樂聲和鼓鈸重節奏聲響，令你們彼此餵養的沉默更加巨大。距離大學開學還一個月，再度考進同所學校的你們每日躲在租賃小屋裡，讓自己癱瘓地活著。偶爾你在夜半時刻買了冰棒舔食消暑，阿龍仍是安靜而節省地抽紙菸到夾不住菸屁股了才換另一根；然後繼續交換彼此處在對立狀態的回憶角色觀點。

〈靜止〉繼續著歌唱。歌聲不只圍繞了電視，也圍繞了你和阿龍。初來到城裡，儘管陌生舉頭就是，誰也沒想到要去買份地圖按圖索驥一番。因此你們會看見頭上的巨幅廣告招牌，上面說著距離一公里處有大賣場，便真的走了過去（你感覺像走了三公里），只買回一瓶洗衣精，而且還耍懶搭計程車回去。你想，再不到一個月，你的大學新鮮人生活就要展開了。這是個新開始，一切都會很好很順利吧。可是你為什麼，為什麼正和阿龍坐在同一輛計程車裡，貌似換帖兄弟提一瓶預備共用的洗衣精？

這時你疑惑起為什麼自己竟和阿龍租屋一起。你不是已經要邁向一個全新的、可以拋卻過去的新生活了嗎？你顫抖起來。你想起那支斷裂的掃帚，訝異怎樣的施力方式可以令它分段掉落在廁所的潮濕地板上。

你們不就是那種，不經意在等待同一班公車卻四下無人才不得不朝彼此寒暄招呼的交情嗎？

「可是阿龍，我們並不熟不是？何況你所說的教訓我一頓，不是把我痛扁得像顆豬頭嗎？……」

阿龍呼出的煙霧正沒有邊際地伸長著。

〈靜止〉在此時靜止。

路口

詞／陳昇，曲／金城武。
收錄於陳昇1997年《六月》專輯。

你我相逢在迷惘十字路口
忘了問你走哪個方向
也許有天我擁有滿天太陽
卻一樣在幽暗的夜裡醒來

那時我正在吞嚥一顆布丁，我喜歡布丁完整地落入我的喉頭，被咽喉的肉壁擠壓破碎，滑入食道的當口，我會產生一股腫脹哽咽的快慰。我正忙著脹紅臉享受，也沒注意她嘴裡說了些什麼。稍後怎麼央求她都不肯說方才說了些什麼。

夜裡，我躺在她身旁，燈光全都熄滅了，我們都還醒著沒入睡，就躺著開始聊天。這種聊天的對象是天花板，可以略略逃開面對面說話的無可迴避。因此就比較勇於說出些平日不敢用力說的，加上一早我們即將分開，她也真用力說了下去。

她告訴我，其實她很不喜歡我每次脫掉襪子卻把它丟在床頭；

還說了不喜歡我穿著外出褲坐在她的床鋪上……總之是這類的牢騷。我當下很想回說，我又不是把襪子丟在枕頭上，更何況一坐床鋪就得脫掉褲子像個傻屌只穿內褲坐著，實在很傻……總之是這類內心的喃喃自語。我一句話都沒有說，只是發出哼哼嗯嗯聲表示我有在聽。

「還有，我本來想告訴你一件很重要的事的。可是你竟然在吃布丁，實在太變態了。」我知道她指的是什麼，她很不能容忍那樣吃布丁，但那是我唯一要求她讓我持續的事。「你真的很變態，知不知道？」她又補了一句。漆黑之中丟來責備，只是她絲毫沒有轉頭皺眉對我，也沒有任何激動手勢。

我沒聽完就睡著了。畢竟那種了無燈光的烏暗狀態，很容易激發睡意，加上她說話的語調，即使是牢騷或抱怨，都聽不出有什麼起伏差別，她從不咬牙切齒地說話，因為她要求的是優雅、乾淨和輕柔。但她怎麼會愛上我？我也不知道。我通常不習慣在睡前想太難的問題。不都說愛情是盲目的？我想就是這麼回事。起床時，她已不在，我起身盥洗，直到要離去檢查什麼東西沒帶到時，發現有張紙條被紙杯壓在梳妝台桌上。捏起紙條放入襯衫口袋，我轉身出房交出鑰匙。

踏出旅館，我才知道外頭仍是一片低沉的夜色。既然都走出來了，就繼續走著，我沒有給自己設定什麼目的地，只是在各個路口擲銅板決定方向。正面走右邊，反面就走左邊。一開始很順利，直到我遇見十字路口，才想到硬幣只能二選一。我摸摸褲子口袋，試圖藉著摸出口袋紙幣的面額來決定去向。但每張鈔票的面額都和大小成比例，每次摸了都曉得面額。何況不管猜中沒猜中，其實也無法解決一個三選一的問題。放棄了錢幣決定法，我打算待在原地等某個人經過，請他指引我走哪個方向。

等待的過程中，好幾輛計程車慢速開過，每個司機都問我要不要搭車，卻不等我問他們我該走哪個方向就噴煙而去。等了好些時刻，路口依舊清冷無人蹤，紅綠燈上的黃燈一閃一閃顫抖著。我雙手托著肘，一會兒扯扯襯衫，發現胸前口袋有張對摺的紙條。我以手指夾起紙條，放在左手掌心搓揉，弓起右手食指和拇指彈出紙球。

好了，我終於知道該往哪走。

改變1995

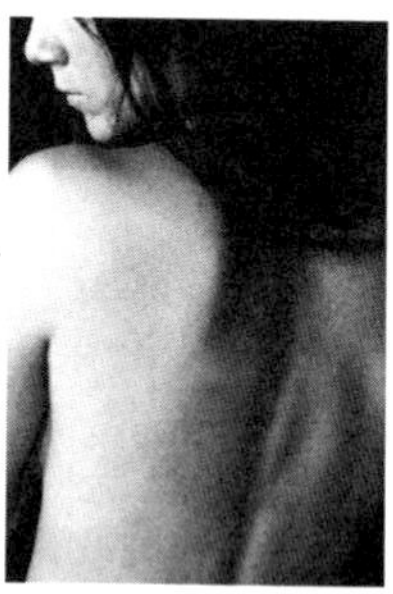

詞曲／黃舒駿。
收錄於黃舒駿2001年《改變1995》專輯。

世界不斷的改變／改變
我的心思卻不願／離開從前
時間不停的走遠／走遠
我的記憶卻停在／卻停在
那1995年

一切開始於一個謠言。據說，這年的閏八月將有大事發生，島嶼會產生天大的變化，改變所有人的命運。她每天檢查家裡的食物存量，備妥所有在野外求生的小物品，諸如多功能瑞士刀、繩索、手電筒和乾淨的飲用水等等。她甚至因此辭去了工作，專心等候即將發生的事。等候的過程裡，她總是睡在床舖底下，穿著打扮像隨時都可以被丟在荒野十幾天的連身工作服和靴子，右手邊搆得著的是氧氣筒裝備，以防有瓦斯漏氣或毒氣攻擊；左手邊則擺著一個大背包，裝著睡袋、雨衣、乾糧、瓶裝水和指南針。

她甚至考慮買一艘小艇，但是存款只夠買一套潛水裝備和蛙鞋。於是除了氧氣筒和背包之外，她的床上多了一套潛水服。可是周圍的人不明白她，她也不明白周圍的人；他們覺得她太緊張，她覺得他們太無知，而無知總是令人快樂的。

閏八月的第一天來了，天空很藍，有幾片雲在浮沉，就像前一天的天氣，看上去什麼事都不會發生。雖然事實上的確還是發生了些事，但那並不足以改變多數人的命運，也不致讓島嶼產生什麼特殊差異。過了午夜，她感到鬆口氣似的舒緩，卻馬上想到這是第二天。然而，第三天和第四天已經面無表情急迫地等在那之後，依然是無事狀態的平凡日子。她彷彿看見排成長長一串的日子，等待結帳似的在後面傳來陣陣騷動聲響。她跑到最後一個日子問：什麼都不會發生嗎？

什麼都沒有發生。但這已經足以改變她的生活。

世界繼續發生很多很多事，卻都是與她無關的事。過了那一個月，她感到自己是倖存者，今後也只能抱著這樣的心態活下去。她無法再回到原先的生活軌道了，那種普通又尋常的工作、結婚、生子、老去，最後沒有任何價值的死去的歷程。什麼都沒有發生，卻什麼都發生過了。

她開始以一種餘生的眼光，注目著她熟悉了幾十年的小城。原該在改變中消失的建築和人們，繼續環繞她的身邊，不曾中斷。即使如此，她仍感到城裡某些街道在修築，街景正在變動，而人們的打扮像沒有重複的浪頭，一波波拍來。有些場景消失了，有些人不見了，就像那過去的緊張的一個月。她第一次注意到這些，因為她不再趕著早上九點鐘前打卡，也不用計算午餐休息時間剩下多少，更不用煩惱下班之後一整個夜晚如何打發。如今她有一整個自己可以排遣了。

回到房間，她褪去身上的裝備和工作服，抓起床上軟攤著的潛水服，把自己包裝起來，背上氧氣筒。她敲破了燈管，逃逸的光芒和外面的霓虹親成一片。她跳進光海裡，緩慢的划動著，試著不溺死自己。

畢竟什麼都沒有發生，不是嗎？

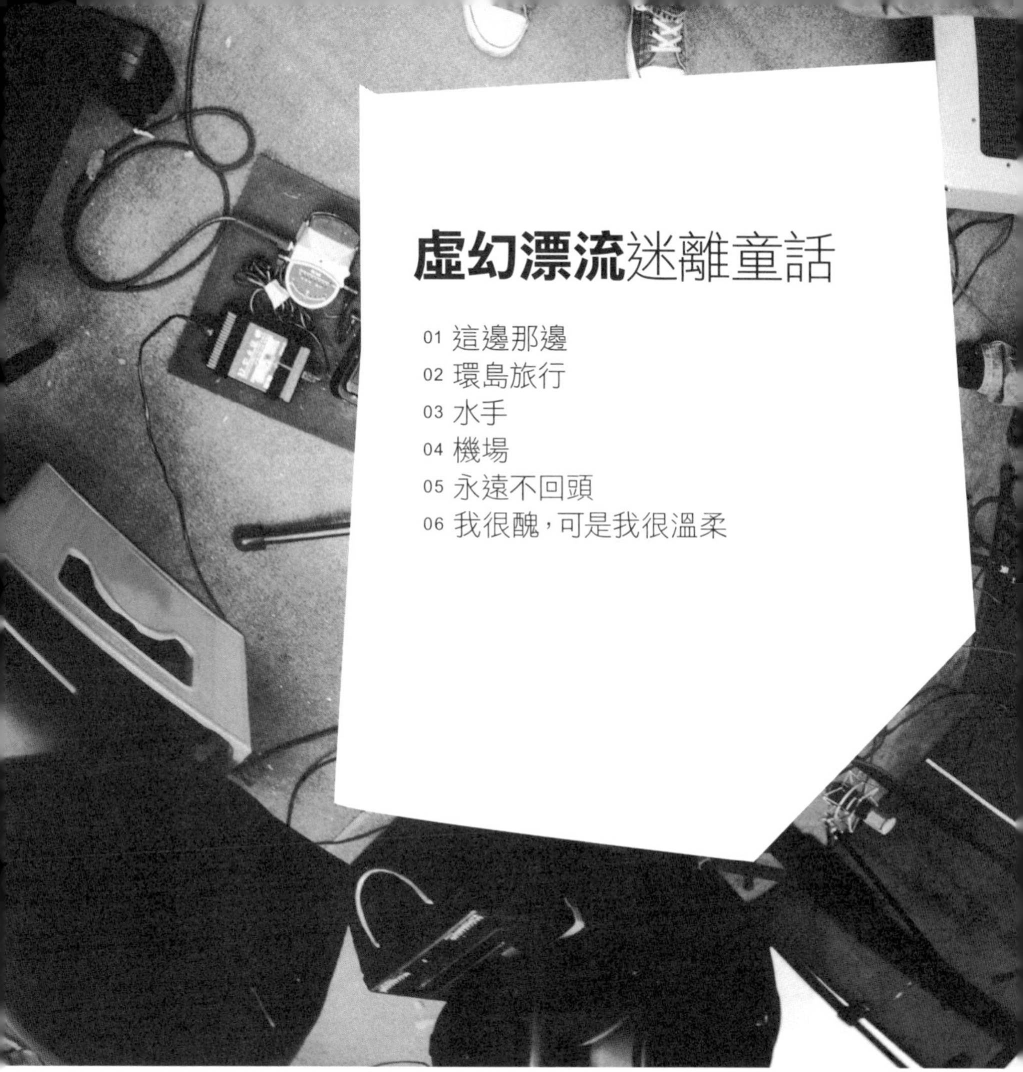

虛幻漂流迷離童話

01 這邊那邊
02 環島旅行
03 水手
04 機場
05 永遠不回頭
06 我很醜，可是我很溫柔

他眼前的一切傾倒歪扭，隨著月亮的流光匯聚成一條充滿逼人眼瞳的溪河，他逆流而上。畫面停格在他最後一個步伐的半空，鞋緣落下的光芒露珠還未擊中發光的溪流。只差這一步，他可以踏上月亮。

這邊那邊

詞／何啟弘，曲／伍思凱。
收錄於伍思凱2003年《愛的鋼琴手》專輯。

我在這邊／你在那邊
愛像風箏一條線
我經過千山萬水
停在這個定點
帶我的心到你的世界

如果你的影子越來越稀薄，會是什麼緣故？這是最近一直盤據在他心上的一個問題。因此他總是默默地低頭走路，悄悄觀察所有周遭人的影子。常常他偶遇了一個身形曼妙的影子，主人卻是個胖子；而擁有體態顢頇的影子，又往往是身材窈窕的女子。他當然知道影子的長短粗細與光源的強度、照射的角度有關係，也會和天上的雲朵濃密與否相關。但他關注的並不是這一部分。他聽說鬼是沒有影子的，鏡子也照映不出鬼的樣貌，那麼，必然是人類的眼睛偶爾可以接收到些不尋常的波長頻率和折射光芒。所以一到夜晚，他總是在路燈附近，觀看每個過路行人的匆匆形影。也許黑影是穿越到另一端空間的出入口？也許我們的五官肢體分明可辨識其實是另一邊影子國度的影子？他總這麼忖想著。接著低頭瞧自己腳底的沉默黑影，一起靜寂。

他正在設想一套影子理論。對他而言，那會是個充滿比較多豐潤可能性的世界。比如看見一個人在彈鋼琴，多半會說：「這個人在彈鋼琴。」但如果只能看見影子，多半就不會那麼肯定地說。這其中存在著曖昧不明，以及許多解釋的可能性。因此他想，當他的影子低頭看著腳底的自己模樣，會不會想乾脆換一個樣子呢？相對來說，他又認為烏壓壓的影子因為模糊不易辨認，任何人都能造出相似的影子。不過動作和走路節奏是騙不了人的，這些細微的分別都會透露一道影子的獨特性。但最近他發現：為什麼自己的影子越來越稀薄了？

他最早排除了光源和障礙物的因素。他就是覺得他夜夜佇立的路燈下的影子，似乎真的一天比一天淡了。而這並非電力不足和燈泡折損的緣故。他還不清楚影子國的規則，那一套所謂的影子理論也還沒建構完成，他只是盯著自己的影子，越來越覺得和別人的影子很不一樣。偶爾他會有不明所以摸額頭、搓手的動作，他懷疑那是影子驅使他那麼動作。他壓根沒想要做這些無謂的小動作，卻總在做完後才意識到如此。

他試著指揮影子跟他一起動作，上上下下左左右右，影子不落拍，只是顏色淡薄了些。那不是因為光源漸弱的緣故，因為其他周圍的影子都還很濃密，唯獨他的影子被稀釋了。他再舉起右手，影子的左手，右手拇指貼上左手拇指，展開四隻手指，假裝一隻飛鳥正在振動雙翅飛行。但那依然是隻色調輕淡的飛鳥，越飛越是淡漠。接著他發現，飛鳥逐漸飛出他的視線，漸漸轉成空白。他只是注意著影子轉薄漸至消失，才赫然發現自己已不見了雙掌。他整個人形都在變得更淡薄，腳底的影子卻越來越深濃，最後只餘下一道漆黑的影子。低頭走過的人們沒有一個發覺他的消失，更沒有人察覺有一道影子平空貼在路燈之下。他終於過渡進影子國，卻始終沒能回答出為什麼他的影子越來越稀薄。

環島旅行

詞／Cookie，曲／Hide。
收錄於熊寶貝樂團2006年《03：53》專輯。

星期天的下午
陽光變得太有溫度
我們賴在家裡找不到去處
於是我們決定環島旅行去吧
結果卻找不到地圖

就像很多很多時候，我會想要上路，一如此刻。整個下午，陽光刺辣而懶散，我誤入一家冷氣開得太冷而飲料太酸的咖啡簡餐店，本想打發整個下午排隊而來的小時們。結果只驅走半個小時，我急急吸完水果茶，冷得逃進外頭熱烈散發熱氣的陽光裡。接著我開始遊蕩。

遊蕩的路線沒有什麼，只是一家書店接著一家書店地無目的的晃蕩。平台上的新書區花花綠綠貼滿折扣標籤和推薦腰帶，而老書們困頓地躺在書櫃的深處，默默悄悄。我沒有動手去翻弄任何一本書，只是渙散地瞥視。腦中的思緒飄走，說要去旅行，要上路。

上路，那就上路吧。但完全不知道該去哪裡。我在同一條街道上佇停了三次，環顧周圍來去的人車寵物，推著抹布車的殘疾人滾著輪子過去，拎著塑膠袋的佝僂老人緩行要進麥當勞，而一個老紳士襯衫紮進褲腰拄著枴杖卻沒有拉上褲頭拉鍊……接著我看到他。

他坐在騎樓機車上喝著關東煮湯汁，額上的汗滴一顆顆結出來了。他嘖嘖入口，飲盡一杯，又進了便利商店再舀一杯。我進便利商店隨意翻看書報架，逛逛飲料架、加熱食品架，並不真的想吃什麼或喝什麼，只是無目的拿起放下。他則進進出出舀湯，竟然喝了十數杯。最後我只是帶著些微訝異離去，他那時還在喝第十七或十八杯吧。

我把自己再甩到巷弄腔腸的盡頭，路旁的機車和汽車似乎都被曬得可以煎蛋，汗水早已溽濕衣衫，染成一片深藍色。另一家便利商店就在眼前，我沒多想就踩了叮咚聲進去，讓冷氣吹走燒燙感。又開始隨意走，看看零食架、文具架和酒類架，中間經過夾在衛生用品縫隙中的保險套，我拿起來看了，沒想到避孕效果不是百分百，只有98%。再到書報架，好多本旅遊指南和情報誌色彩斑斕，像在鼓囊求偶的雄鳥。那些圖上錯綜分歧的路線，輕易可以越過書頁，填上色澤飽滿的風景照。我想抵達那些照片裡的地方，卻明白那裡的陽光其實是會燙人的，那裡的小黑蚊是會咬人的。我放下旅遊情報和裡面密密麻麻的行程建議和各色數據，看到眼前的一切變成了三度空間座標，一切的上頭都標上了數字。接著我看見一個浮動的座標，數字一直在快速變動，走到我身後的關東煮鍋。他開始一杓杓舀湯。

接下來不用說了——他開始喝起湯來，而且一杯接一杯。他喝了整整十杯，（整整十杯！）這次我在一旁偷偷數著。但更令我困惑的是他頭上的龐大數字列，上頭的座標堆疊得高高的，甚至看不清楚有幾組。

他應該在路上待了很久吧。我跟著他，一家過一家便利商店，看他像變魔術似的，把一鍋鍋關東煮湯喝光。他頭上的座標搖搖晃晃跟著他，好像隨時會跌落。跟過十四家店後，在離開之前，他突然轉過身來對我說：「孩子，你該自己上路，不要再跟著我了。」

他把頭上的座標數列撥了幾組到我頭上，我便什麼也不帶離開了這座城市，手中揣著那個中年男子給我的關東煮紙碗。

水手

詞曲／鄭智化。
收錄於鄭智化1992年《私房歌》專輯。

尋尋覓覓尋不到活著的證據
都市的柏油路太硬踩不出足跡
驕傲無知的現代人不知道珍惜
那一片被文明糟蹋過的海洋和天地

當她決定上岸的那天起，世界上升成陸地，過去的海上記憶僅僅存活在培養皿中，微弱欲滅。已經不知多久了，人類始終流傳一則關於他們祖先的故事：美人魚擁有世上最美好的聲音，卻必須為了換取一雙人類的腿，成為啞巴。她不明白這樣的傳說代表什麼意義，儘管他們至今仍然擁有美麗的歌聲，閃耀著片片光芒的鱗片尾鰭，而沒有人類的雙腿。世世代代皆流傳這則傳說，而身邊長輩也屢屢反覆叮嚀這項禁忌的嚴重性。可每個世代總有些想要衝破羅網的探索者，只是這個時刻，恰恰是她決定挑戰禁忌而已。

首先她必須找到提供交易的女巫。很快她發現，女巫在人類之間更是一種珍稀的存在，經歷幾個世紀，女巫早就被殘殺殆盡，餘下的只是假女巫和喪失魔法的普通女人。她費盡心力，終於找到一名藏匿於城市街角的卸職女巫，並努力說服她完成這項交易。

「變成人有什麼好？」

「也沒什麼不好。」

「這樣妳不能唱歌。」

「這樣我可以走路。」

女巫嘆息。她堅定的眼神不閃躲女巫遺族的試探，突然可憐起這個一直被視為邪惡的族群。既然傳說裡面交易是雙方講定的，為什麼人類和人魚族一起唾棄、放逐中間的交易掮客呢？她們並沒有從中獲得什麼，即使拿去美好的聲音，她們也沒有比較幸福。真正的悲劇應該是傳說中的男女主角對彼此的信任崩解吧？她並不想得到什麼，她只是一隻渴望陸地的人魚，渴求能夠赤腳踩踏軟腴的泥土，而且能雙眼直視人類，過眼的不再只是他人的腳踝或小腿肚。當她發現，擁有雙腿的同時，她昂頭站立，試著蹦跳、彎曲、跑動，如試用一件新奇玩具的孩子，帶著興奮旋轉起來。而她還發現，自己並未失去聲音，她的聲音如舊，相當自然而美好。她從此成為一個普通人類，混居在龐雜族類的大城市裡，逐漸讓自己適應成為一名市民。

她去登記了身分，領了許多顏色的證件和證明書。到學校裡學習關於生活的技能和知識，很快也找到一份維生的工作，認識了一個男人，很快地戀愛、結婚、生子。偶然想到先前人魚生活，恍如是另一個身世的故事了。有時懷疑起自己的記憶是不是經過竄改，她從未再遇過任何一隻來自海中的人魚。慢慢地，所有的人類生活折斷枝葉似的壓倒過來，淹沒了所有關於生活瑣事之外的想像或曾經。她不再隱約模糊地感到曾是人魚，而誤認自己自頭至尾是人類，每天都需要走路，每天都和堅硬的馬路錯身而過，不再想起過去走路的雀躍。她變得越來越沉寂、寡言，不動聲色，宛若不會發出聲音的陶瓷娃娃。

有天早上醒來，上一個身分的故事海嘯般撲來，她記起了一切，也想通了為什麼女巫不剝奪她的聲音。

她急忙奔向海洋，縱身一躍——

人們說她跳海了，而她回家了。

機場

詞／許乃勝，曲／薛岳、韓賢光。
收錄於薛岳1985年《天梯》專輯。

耳邊又傳來陣陣催促的聲音
我只聽到彼此無言的嘆息
過去的記憶是我沉重的行李
不願帶走卻也拋不去

你發現了嗎？嵌在夾雜異國語言的隊伍裡，只有我不帶任何行囊。一條肥胖的人龍長出帶滾輪帶把手的肢節，只有我，口袋裝著通往機場的車票。沒有與任何人交談，像獨遊至此卻丟了所有行當的旅人。司機分出前往第一航廈和第二航廈的行李，一一餵進巴士的肚腹，人龍也緩緩消化在巴士的胃囊中。

巴士啟動，一寸寸吃掉眼前的道路，也一寸寸排出走過的道路。車身微微搖晃，甩出了些許汗水，滴滴點在車窗上。水滴蒸騰，窗外的景色很快被一道輕薄的白簾遮蔽，我們真正進入了巴士的消化腸道。所有旅客的話語都被分解成一片片，飄浮在窄仄的通道中。

你瞧，身邊的年輕白人情侶背著厚重的大背包，簡單的T恤牛仔褲帆布鞋，像是什麼地方都可以去，也像是什麼地方都去過了。他們灰色的眼珠不帶有一絲上路的遲疑或擔憂，我撿拾了幾張隻字片語，默默嚼進口中似的反覆跟著唸。幾個説著粵語的，該是來這兒度週末，行程想也知道是淡水、一〇一和二十四小時書店。兩個看上去不知為啥直覺是日本人的年輕男子，一聽他們交談果真是日本人，這類頭髮不打薄又挑染蓄小鬍戴耳環的矮瘦男性已經成了種刻板印象。他們斷斷續續的語言碎片，慢慢融進我眼前的畫面，遙遠起來。

你知道，島上沒有公路電影看來的漫長路程供我們懸想。到島上的任何一處角落，怎麼樣一天之內都抵達得了，不存在昏昏欲睡、醒了又睡的搖晃巴士，從東向西，只有馬路是唯一夥伴；也不存在遙迢的轟隆鐵軌路，只是不斷往前延伸，穿越幾個晝夜，沐浴在赤裸的藍空和黑夜之下的火車。漫長的旅途只存在於天上，不停翱翔飛越天空和雲朵，直上雲霄親吻陽光的時刻。

今天選了第二航廈，光滑亮麗的磨石地板，巨型電子航班看板，間雜在二、三樓的昂貴食品免稅店，一樓佈滿彎彎曲曲的行伍，每個櫃台都站著笑容可掬的服務員，準備登記入位、行李託運。方才同車的旅客分散到一樓的長短隊伍中，等待啟程。我習慣走到入境處揀個位置坐下，擠在拉滿海報名條的人群中，和他們一起等待。其實沒有特定什麼人要等的，我只是習慣如此。每隔兩小時，我會起身端來一杯熱咖啡，緩緩啜飲，小口小口地品嘗，逼自己清醒地等待，試著提醒自己避免落入等待過程出現的焦躁和期待。喝完第四杯咖啡，我就搭車回城。為了怕被機場工作人員發現，我不會規律地出現在同一個航廈，有時候每天輪流，有時隔兩、三天換一個航廈，盡量保持我在等待過程中的純粹和不受干擾。

如果你偶然在機場發現了我，向我打了招呼，我會很開心地回應，讓你感覺我就是在等著你。當然你也可以讓我一個人安靜地持續等待，我不會生氣你在一旁偷窺我喝咖啡的模樣。但千萬不要試著勸我去搭飛機。你知道，沒人等待，飛行是永遠不可能終止的。所以我會在這裡等著你，等著你們每一個人。

永遠不回頭

詞／陳樂融，曲／陳志遠。
收錄於1989年《七匹狼》電影原聲帶專輯；後收於張雨生1994年《自由歌》專輯。
演唱：王傑、張雨生、邰正宵、金玉嵐、馬萃茹、胡曉菁、東方快車合唱團。

年輕的淚水不會白流
痛苦和驕傲這一生都要擁有
年輕的心靈還會顫抖
再大的風雨我和你也要向前衝

他到了這座湖，眺望遠處層層疊疊矗立的山丘和樹梢，湖面熟睡般朦朧，每一道線條都是模糊惺忪的。他不驚擾它，揀了一條小舟，輕輕滑上湖面，只有細微瑣碎的水聲起伏。於是他晃晃蕩蕩，輕柔地漂到湖中央。

湖中央有座小島，被蔥鬱的綠樹團團佔領，所有的光線都穿不透。他每次來，都在天未亮的恍惚時刻，城市在熟睡，這座島也睡得悠悠蕩漾在湖中央。他始終不明白，為什麼城中有湖，湖中又有島，那麼島上該有什麼呢？長輩們總要他知道一件事，湖邊的居民是從這座島上來，死後也將回歸這座島。但他們不允許他上去那座島。於是他成了湖的守衛，夜夜巡邏這座湖島。

每隔一段時日，他會在文件上蓋章，然後見到一對夫妻哀戚地進入湖島，又欣喜地抱著嬰兒回返。或者是，見到歡快的老人們進入湖島，他估算時間，至湖島周圍拉回空盪的船隻。他那麼接近湖島，卻始終看不進外圍密實交疊的枝幹葉片。湖面非常平靜，只有他拉繫船隻的零散回聲，空懸在霧樣的水氣裡。

只是這天，他先是遇見一個黯淡的老人緩緩划進湖島；不久又見到一對夫妻歡欣地進入湖島，卻哀愁地抱回一個嬰兒。他知道不該問的，卻忍不住想問這是怎麼回事。當然沒有答覆或任何形式的解答，只有夫妻倆對望一眼的傷感神色。他知道不該再追問下去的，他們背過身去，他只見到他們的背影被吞沒在湖邊肆虐的闇影。他帶著些微的困惑向湖島划去，準備回收那艘黯淡老人的小舟。

到了湖島附近，卻找不著該有的小舟。他焦急地來回搜索島邊，終於瞥到船舷一角嵌在茂盛的枝幹葉片之間，像是沒有消化完全的殘渣。他在最近的樹幹套上繩索，試圖上岸把小舟拖出來收回。隱隱約約有股吸力讓他不由自主彈跳上岸，彈力之大讓他越過小舟，滾進了樹叢。他很快扭開手電，照射周邊的景物，依舊是闇啞得讓人透不過氣來的漆黑。

他恍然聽見腳步聲，另一艘船靠岸的聲音。似乎有雙衰老的腿踏上了島，呼吸的節奏沉而濁，他倉促關掉手電，將自己埋入這片黑暗。老人徑直朝向島中央走去，隱沒在層疊樹影裡，他感到小島細細顫抖，又回復到寂靜。過不多久，他又聽見兩雙腳步聲尋上岸來，一對男女撥開枝葉的拍打聲同樣一路朝向島中央。

他跟著進去偷看，之後尾隨著那對男女離開湖島。離開之前，他沒忘了本來上島的目的，把先前的小舟推下島去，再將方才上島的老人船隻一併拉回湖邊。他熟練的綁繫好兩艘船，臨去之前回望了這座光線照不透的烏黑小島一眼。他曉得自己有天將回歸至此，卻也將從此重新活一次。湖面依然非常平靜，天也將要亮了。

我很醜可是我很溫柔

詞／李格弟，曲／黃韻玲。
收錄於趙傳1988年《我很醜可是我很溫柔》專輯。

每一個晚上／在夢的曠野
我是驕傲的巨人
每一個早晨／在浴室鏡子前
卻發現自己活在剃刀邊緣
在鋼筋水泥的叢林裡
在呼來喚去的生涯裡
計算著夢想和現實之間的差距

他看見自己緩步走在灑滿月光的小徑，節奏平穩，起伏有致，跳著什麼小舞步似的，輕盈前行。他抬頭望望月亮，思考什麼是上弦月和下弦月之間的區隔。他停下腳步伸出手指對著月亮比劃，試著以指節模擬出月亮的弧度。有人說月亮是牛奶，被澆灌在漆黑的鐵板上，部分瘦弱的焦粑痕跡透露出白霧霧的橢圓形。都說不能亂指月亮的，夜半會被月亮的鋒銳在耳後劃出一道細細的血痕。他縮回手指蜷握。

他繼續走著，周遭沒有太多的光，可他卻踩出越來越多的光芒。他眼前的一切傾倒歪扭，隨著月亮的流光匯聚成一條充滿逼人眼瞳的溪河，他逆流而上。畫面停格在他最後一個步伐的半空，鞋緣落下的光芒露珠還未擊中發光的溪流。只差這一步，他可以踏上月亮。

面對早晨灰濛的天色，他的浴室鏡子如同他的臉，黯淡而無能越界。他知道那一切只發生在睡眠之中，是有人踏上過月亮了，但這輩子不是他，下輩子也可能沒機會。月亮的距離，不管有幾光年或幾萬光年，那都是睡著時才需要考慮的事。可以只為了某件事而活而努力，真好。他想。對他，生活就是漂浮在紅茶裡的冰淇淋，濕漉漉而奶脂不斷擴散，最後成為一杯難喝的奶茶。他也不明白為什麼將生活扯上紅茶和冰淇淋，這與他現在影印的文書資料沒有一點關係。他只是機械地操作影印機，看著文件被強光掃視過，吐出一疊疊溫熱的報表。可以選擇的話，他或許會想當一份重要的文件。至少它可以被複製，也會被很愛惜地收放在資料夾裡。

月亮又出現了。依然流洩著冉冉而行的月光，似乎將天空與地面連成一條粗壯的梁柱。他順手扛起了一條河揜在肩上，踏入水融融的月河裡，鞋舌沾滿了發光的黏稠物質。他隨手一扔，把先前扛起的河像隻活跳的大魚甩到月河裡。河翻動了幾下，一股暴瀉的流光狂飆進擊沖下地表，差點也把他沖離月河。

醒來之後，他覺得冷，接著發現自己汗水淋漓，床單和被單都潺出了大塊水漬。他疑惑，這些水如何越界抵達彼岸？他想不通。他繼續影印那些爬滿文字的資料，一一裝入資料夾。傳遞過程中，有些被複製，有些被切碎，有些存活了，有些則被遺忘了。午休時間，所有人都出辦公室吃飯了，空盪的冷氣運轉聲颳來幾縷壓得低低的飯盒氣味，他感到反胃。他把自己的臉緊貼在影印機冰冷的掃描壓克力上，摁下按鍵，他逼自己直視啟動的強光。影印機吐出的是一張黝黑而陰暗的表情，扭曲得像他終於成為了一張重要文件的模樣。

這只是個無聊的長夢，他應該會在月光似水的河邊醒來。他只能這樣想。

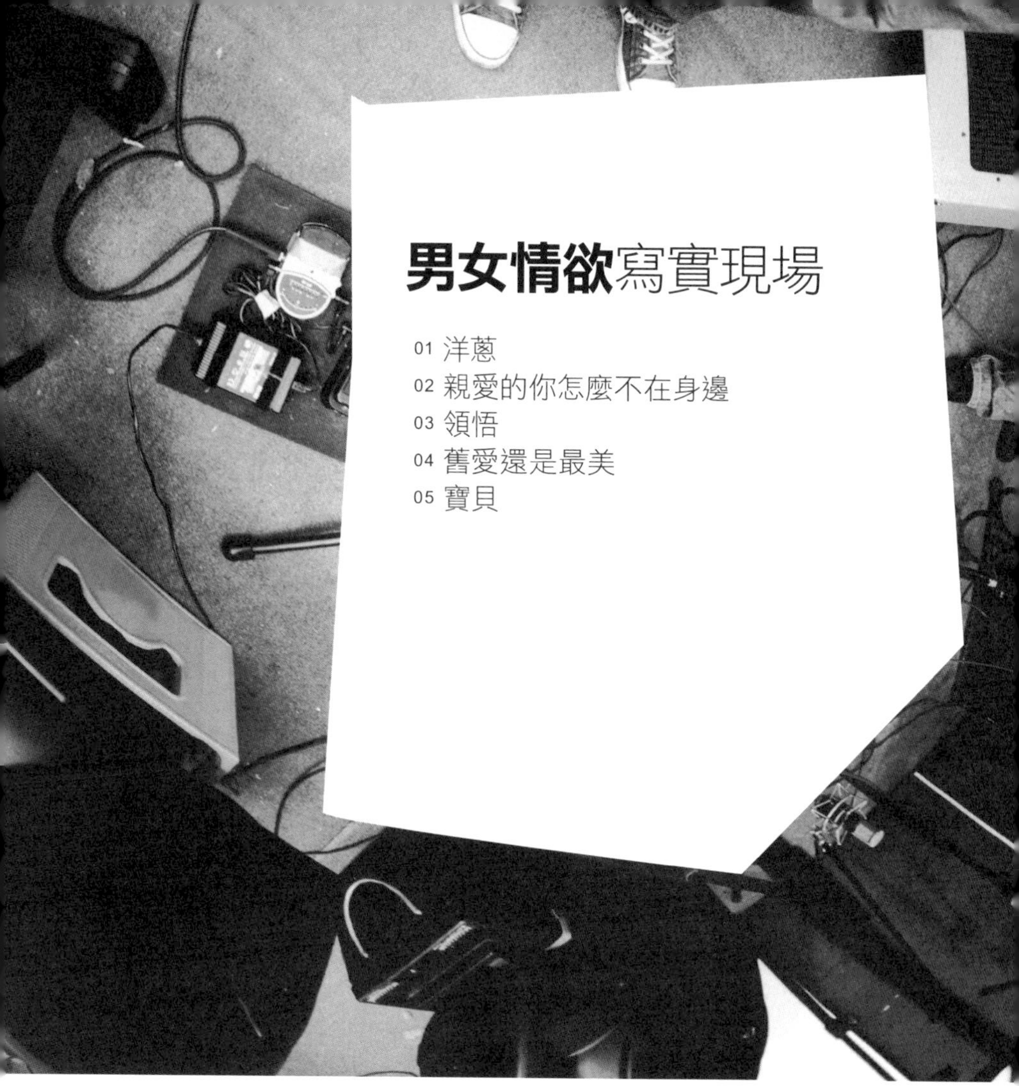

男女情欲寫實現場

看著鏡中的自己，補妝，補口紅。她抿嘴雙唇緊貼向內縮，口紅粉彩服貼在每一釐米的唇肉上，她盯著鏡中的唇緩慢綻開，似花，開得鮮嫩。她相當滿意。

洋蔥

詞曲／陳信宏。
收錄於楊宗緯2008年《鴿子》專輯。

如果你願意一層一層一層
的剝開我的心
你會發現
你會訝異
你是我最壓抑、最深處的秘密

他總是說：「一切都會沒事的。」我不相信，什麼叫做，一切，都，會沒事的。我在電話這端迫切需要他的溫度和擁抱，急得想要從電話孔裡鑽過去，越過漫漫的海洋和陸地，到他眼前、距離他的肌膚一公釐的位置，準備好一個長長的擁抱。所以我問：「你想不想抱我一下？」我知道他是想的，但沒我那麼熱切和渴求。我不想待在這裡了。我想回去。想回去他身邊。不想再聽那些哇哇捲舌的模糊口音，那些母子音雜交出來的單字和片語。他在電話那頭安慰著，全是預料之中的話：「加油」、「再忍一忍」、「一定會更好的」、「欸妳才學多久不要想那麼多」……越來越多的安慰詞語，越來越像我老不習慣的陌生語言。他在敷衍我還是安慰我？我說：「你不懂。」電話那頭黯淡了下來，我知道他在壓抑。我開始唱歌，電話線相隔的時差似乎被抹去了，斷續歌聲中，我聽見他說：「請妳相信自己，一切……」還沒說完，電話卡額度耗盡，迴響在嘟嘟聲中，我知道他沒說完的是什麼。

也許我是有點衝動了。也太苛求他。他不也是一個人孤零零？可什麼叫「一切都會沒事」？那樣說就可以了嗎？這太為難他。我的念頭裡出現了比較。無法不比較。前男人說我們是公主和騎士，屬於他單跪迎接我的姿態，任何時候我都可以要他待著就好。他只聽不說。或至少不說什麼一切都會沒事。我可以不需要反省，像個怒女爆發，我不需要忍耐低聲，下了一個接送的指令，他會連消夜一起準備好。但騎士終究只會是騎士，公主還是需要王子，這才符合童話故事的安排。

時間是張椅子，坐進這張，就沒第二個屁股可以同時坐進另一張。雖然我偶爾會想像，如果當初沒離開那張椅子，繼續待下去會怎樣？騎士會獲得一筆可觀的財富嗎？騎士能取得大片的封疆嗎？會不會也能成為個國王什麼的？他說他會等我。他也說他會等我。而且他不是說了嗎？一切都會沒事的吧。其實我知道他是無話可說了，隨口搪塞了這麼句話。一句很單純的安慰。儘管完全沒起到安慰的作用，他是盡力了。於是我坐在這張椅子上，錄下先前那首被我唱得斷續破碎的歌。

他是盡力了？我總不願相信我選擇的人，只有這麼點能耐，只能吐出這樣的平凡話語。現階段我欽點他是我的王子，他就應該是個王子，就該有個王子模樣。我無法容忍他只會重複同樣沒有意義且效用趨於零的語句。你能不能做點別的什麼啊？能？不能？我最後還是把那首歌的檔案寄給他了。

我想撥電話給他。可這樣公主就先低頭了，公主從來不反省道歉的。難道王子就應該道歉？（這不是騎士才做的事？）也許他還會說：「我就說了，一切都會沒事的！」結尾多出了肯定的驚嘆號，以為自己搞定妥當了。我杵在電話亭前久久，手掌已經搭上了門把，遲疑著。我跟自己說：「是了，一切都會沒事的。」我預先想像了一個快樂和解的對話，才舉起話筒開始撥號。

親愛的你怎麼不在身邊

詞／鄔裕康，曲／郭子。
收錄於江美琪2001年《想起江美琪》專輯。

可是親愛的你怎麼不在我身邊
我們有多少時間能浪費
電話再甜美傳真再安慰
也不足以應付不能擁抱你的遙遠

「你想不想抱我一下？」我微笑著展開雙手往她身上環繞。我在她耳邊說：「一切都會沒事的。」她通過入口，頭也不回，一寸一寸消失在電扶梯的輪轉盡頭。我很盼望她會再回頭一次的，可是她沒有。這就是現實，而現實是比較不那麼戲劇的。何況我無法期待一個八歲的小女孩會像離開一個情人那樣告別她的父親。更別說是「前」父親。我可以想像她將會有一個新父親，那個人又高又壯頭腦又好還可以賺很多很多錢，讓她和媽媽衣食無缺，擁有一個面向大海、春暖花開的未來……但等等，她剛剛是說「你想不想抱我一下」？這會是八歲小女生說的話？是不是因為他們這一代是被俗濫電視節目餵養成長的，才學會在這種場合說這樣的台詞？……我突然想起她媽媽在很久以前曾經錄了一首歌給我。

那時候我們都還是二十多歲的年紀，正適合歧路徬徨、隨意想像未來人生的年紀。好像可以兩個人電話說說，彼此的一生就拍板定案過完了。我想我們那時一定過完了好幾個人生吧。她媽媽那時在我必須曲著手指頭數算時差的異國，而我只能遙遙兩地相望，在電話裡信裡胡亂答應了好多將來一起完成的事項。我記得那是在一個淺眠不寐的夜裡，她在電話那頭輕輕哼起了一首歌，聲音曲線越往後越起伏，最後只能聽見斷斷續續的旋律和難以辨認的字詞。我說：「一切都會沒事的。」當然我很明白那首歌詞的意涵，也把那首歌翻出來從頭到尾聽了好幾遍，跟著哼唱。她媽媽當時沒有唱完那首歌，但那首歌的旋律從此烙印下來了。後來我接到她寄過來的錄音檔案，完整清唱那首先前唱得支離的歌。歌是完整了，情緒卻逃散了，我極度想念唱那首歌的她。錄音的尾端，她說：「你想不想抱我一下。」我回信說：「一切都會沒事的。」

在各種時候，我或長或短抱過了她媽媽，那是很自然的擁抱，呈現某種善意的、親暱的舉動，有時也帶有宣示的意味。於是就非常非常習慣那樣的懷抱，漸漸不抱了。我們幻想的那些人生畢竟沒有出現，眼前的只有筆直的軌道，隨著女兒的降生更加筆直不容轉彎。

我接到過很多暗示。有很多電子郵件、小紙條和電話塞在密密麻麻的時間縫隙之中，像這樣，「親愛的：」、「你怎麼……」、「不在」、「身邊」諸如此類的，但我當時沒有懂。好吧，我承認我其實有察覺，但總覺得一切都會沒事的。我們都走過那麼徬徨的時刻了，一切都會沒事的。

所以我現在必須要站著，看著八歲的女兒背影緩慢被吃進電扶梯的階梯之中。我想起遙遠的那晚在電話中，淚水劃破了音符和歌詞，把整首歌摧毀得不成完滿，然而卻是曾經我有過的最完整。女兒的背影快要消失了，電話線傳入我的耳邊的那句話卻一直不斷重複播放。我應該自己先説而不是等女兒開口説出來的，但至少一切都沒事了。

領悟

詞曲／李宗盛。
收錄於辛曉琪1994年《領悟》專輯。

我以為我會哭
但是我沒有
我只是怔怔望著你的腳步
給你我最後的祝福

見她之前，我把左手無名指上的戒指取下塞進牛仔褲口袋。如果讓老婆看見我這舉動，不被她用《聖經》把我打成基督徒才怪。但怎麼說呢，偶爾出現那種「媽的我就是想牽著十八歲女生的溫柔小手」的念頭，對一個三十三歲的男人來說也是很正常的事吧。所以我打算小小地屈從這一稍縱即逝的念頭。年紀這種東西就是數字越大，可能性越小。如果加上已婚，關在條條框框裡的東西可就更多，到最後只能很無奈地數數自己手上擁有的自由只剩下拇指和食指圈起來那麼小。

所以我跟老婆謊稱去上家教課了。其實是跟家教那個十八歲小女生到淡水老街晃蕩。好像是在買巨無霸霜淇淋的時候吧，小女生挽著我的右手，我很自然地繼續和她説笑，只是腦子裡開始浮現一些春色瀲灩的激動畫面。我甚至可以看見那個房間裡昏黃的燈光還聞到一絲廉價的浴巾消毒水味道。

昏黃燈光和消毒水味道馬上被一道熟悉的身影劃破。迎面走來的是老婆。我只有呆呆地望著，連逃走的意念都沒有，她就距離我五十公分開外。

「跟女朋友一起來？」她瞇著眼打量身邊挽著我的小女生。

「呃，是……」不用説我是吞吞吐吐的。

「好青春的感覺呢！」她的聲音上揚，一時分辨不出是譏諷還是羨慕。

「這位是？」我問她。

「喔，他是我男友。Richard，這就是我跟你提過的Jeffery。Jeffery，這是Richard。」她很熱心地引見我們兩個互相認識。我和Richard彼此握了手。Richard看起來不卑不亢也不苟言笑，只是很順從地輕輕握了手，露出保險業務員般職業且不帶感情的微笑。老婆（沒錯，我很肯定那就是每天晚上睡我枕邊捲走我被子的女人）微笑對我們揮手説他們繼續往另一個方向逛了，祝我們玩得愉快。

「她真是漂亮。氣質好，整個人感覺很知性。」小女生過一會兒對我説。

「是嗎？妳這麼覺得？」廢話，妳可不知道她私底下的邋遢。

小女生點點頭說了一句類似我以後長大也要像她那樣的可怕的話。我沒聽清楚也不想聽清楚。回去途中，小女生跟我說她告訴她爸媽今天是跟同學去淡水玩，晚上要去唱歌會晚一點回去。

「妳想去哪？」

「都可以。」

「『都可以』三個字在大人的世界是很可怕的。」

「十八歲就算大人了吧！」傻孩子。這哪叫「大人」。

不用說我當然把她帶進賓館裡，實踐我下午腦中呈現的畫面。我把燈光調得昏暗，她在浴室裡洗澡，我抓起床邊的潔白浴巾想像著不知多少男男女女的軀體給這條浴巾擦拭過了。雖然消毒殺菌過，不免讓我懷疑清潔工怎麼把上頭淋漓的體液給清洗乾淨。搞不好只是隨便洗洗，噴上點消毒水而已。還在思考這個無聊問題時，小女生出浴了，很三級片地只圍著潔白的大浴巾底下什麼也沒有穿。我居然奇異地聞見一種果香，像是什麼鮮摘水果的青澀氣息。我伸手將她身上的浴巾解下，她雪白肌膚覆蓋的身軀沒有遮掩地裸裎在我眼前。我要她站著別動，接著將手伸向她慢慢逼近她的乳尖。我甚至可以感覺到她很緊張又興奮，她的乳頭勃起，緊縮出一點一點的皺褶。我定格停止。

後來我奪門逃出，急急在櫃台付了錢。

回到家老婆已經睡了。我不想吵醒她。在她身旁躺下後，我思考著要不要跟她討論Richard或小女生，模模糊糊地睡著了。

舊愛還是最美

詞／姚若龍，曲／陳子鴻。
收錄於蘇永康1998年《So Nice》專輯。

舊愛還是最美
美的東西往往太早枯萎
後悔時的淚水
又特別讓人覺得無力疲憊

於是夜半醒來，我點了一根菸，獨自在書房看著煙霧慢慢上升被桌旁的檯燈照射吸收，宛如一杯熱咖啡。老婆還在睡。而我在想著：下午在淡水遇見她和另一個男人手牽手是什麼意思？她走過來跟我打招呼，也跟我身邊的小女生說了幾句。她把我和那個男人互相引見。一個叫什麼Richard的男子。

幫自己的丈夫和情人互相介紹？她是什麼意思？——儘管我從來不在意什麼戴綠帽的事，怎麼說這種舉動也太怪異了。我撥了電話給小女生，直接轉語音信箱。可能是睡了。可能是故意關機不接我電話。她生氣也是正常。畢竟她把自己弄得像件貢品，連包裝紙都替我拆掉了，我就在手指要接觸到她的肌膚前一秒定格、快速縮回，然後拔腿狂奔出房間。把她像件廢棄物那樣丟置在那個昏暗的房間裡。她肯定很恨我，但也許更加困惑。其實我自己也不明白為什麼要逃開，還以這種難堪的方式離去。

我感到非常疲倦。那是我離開賓館後馬上決定回家的第一個感覺。真的是疲倦得不得了。回到家時老婆已經睡了。我不想吵醒她。我倒了杯水走到床前，凝視著她熟睡的臉頰，傾聽她均勻的鼻息。我喝了幾口水，濕潤乾澀的喉頭，想著要是我突然把她殺了，她可能沒有感覺到一點死亡逼近的恐懼就死去了。死得莫名其妙。要是沒睜開眼，還可能是誰殺了她都不曉得。我把臉湊近她的額前，可以清楚看見她鼻尖的細小黑頭粉刺，真的睡得很熟很熟。

「我不想認識什麼Richard。」我以極細極細的聲音說了這句話。她沒有任何反應。接著我在她面前放了一個悶屁，她也沒任何反應。我在她身旁躺下，想著下午在淡水的事，模糊地睡去。之後我醒來，才睡不過兩小時。繼續在書房點起第二根菸時，我想事情非常清楚：我搞上自己的家教學生，而她搞上一個叫Richard的男人。我們好死不死在淡水撞見——到目前為止都很正常，但我原本預期的情節應該是她以銳利的眼神盯住我，給我一巴掌什麼的。可是她卻走過來直如好久不見的老友那樣打招呼，還順便稱讚了我身邊的小女生很青春。最後把我跟Richard介紹給對方。怎麼想到最後這裡都覺得荒謬。她會不會太大剌剌、毫不遮掩？似乎連一點點身為人妻的自覺都沒有。而我連個前男友的樣子都談不上。好像就是長久以來認識的不熟同學因為無意碰見不得不打個招呼。

我感到非常非常疲倦。已經點完一包菸了，我還鬼打牆似的想著這些。我聽見隔壁的房間傳來起身的聲音。再來是腳步聲沒入另一頭，響起水流嘩啦啦，之後是吱吱嚓嚓的刷牙聲。水還在流，菸還在燒，菸灰缸上躺滿菸屍餘燼，她在那邊快盥洗完畢了。我決定走過去和她談談。

「我們談一下？」她臉對著廁所鏡子，正在洗臉。

「談什麼？」她頭也不轉地繼續對著鏡子搓洗臉頰。

「嗯……妳要吃什麼？我出門買。」

「神經！照舊吧。」她低頭潑洗臉上的洗面露。

於是我去買了一份她的早餐，小杯熱奶茶和火腿蛋吐司不加小黃瓜絲。

去他的Richard。

至少我很確定她習慣吃什麼早餐就好。

這樣就好。

儘管我非常疲倦了。

寶貝

詞曲／張懸。
收錄於張懸2006年《My Life Will…》專輯。

我的寶貝寶貝／給你一點甜甜
讓你今夜都好眠
我的小鬼小鬼／逗逗你的眉眼
讓你喜歡這世界

手機傳來簡訊：「妳兒子在我手上要他的命就去會三百萬過來帳號63667168810134」一個陌生號碼、陌生帳號，除了錯字和不斷句之外，還有一個奇怪的稱謂「兒子」。兒子？她心想拜託我哪來兒子！視線停留幾秒鐘，她把簡訊刪除。繼續看著鏡中的自己，補妝，補口紅。她抿嘴雙唇緊貼向內縮，口紅粉彩服貼在每一釐米的唇肉上，她盯著鏡中的唇緩慢綻開，似花，開得鮮嫩。她相當滿意。

踏出洗手間，腳底的高跟鞋一蹬一蹬敲出她的自信，關於年輕，關於美麗，耽溺於自身特出的外貌。特別是她的眼神，幾乎沒有男人可以逃過她的注目，恍若一台掃描機，把所有的男人都掃成單腳下跪的騎士、雄性動物最後成了一根陽具。手機又來了簡訊，暫時打斷她的掃描工程。「不好意思打錯字了是『匯』三百萬來」她感到疑惑，到底這關她什麼事，錯不錯字或幾百萬根本都沒有差別啊。她帶著微慍刪除簡訊，軟語跟著對面已變成一半雄性動物的男人說這件怪事。只當作一種搪塞話題的小事談它，不帶任何情緒，儘管她表現出來的樣子像是有點運氣不好收到這種怪簡訊也挺無奈的。

經歷完全成為雄性動物及陽具過程後，男人再度恢復成男人模樣離去。她跟他背過身的時候，完全覺得自己不會再遇見這個男人，也不記得關於他的長相、姓名或嗜好。只是一枚統計數字的個位數，累積她另一種數字的數據之一。她暫時還不想回去，反正那個漆黑房間什麼也不會發生，也不會多出什麼驚喜。她走啊走，櫥窗中的假模特兒穿得琳瑯滿目，把一整個世界都穿在身上的模樣，臉蛋卻總是空白的。她有錢，卻不想花任何一毛錢在穿著上，反正她怎麼穿都好看好搭配，路邊攤的貨色她還是有辦法穿得高不可攀。她只看不買，以視覺消費所有的櫥窗景觀，消耗身上僅有的體力，直到走回漆黑房內時剛好可以向後一躺，包圍在柔軟的被榻之中。

手機響了起來，又一封簡訊。「速把錢匯來！妳不要兒子了嗎？」她開始感到生氣，不管是惡作劇或詐騙，都已經超過限度了。或許某個角落的確有人綁了別人家的孩子，也的確有人在為孩子失蹤感到著急，但那都是電視新聞的範圍，跟她一點關係也沒有。她憤怒地刪除簡訊。她想罵人，但不想花錢，更不想傳簡訊過去提醒他們搞錯了，也不想讓任何人知道她的號碼，儘管那是她賺取數字的工具。她關機讓今夜到此為止。

漆黑之中，有個念頭跳出來撞了她一下。

十個月後，她把小東西送到孤兒院，說是在路上撿來的。她想隔著距離遠遠看著小東西成長。哪天她想了，再去認養。

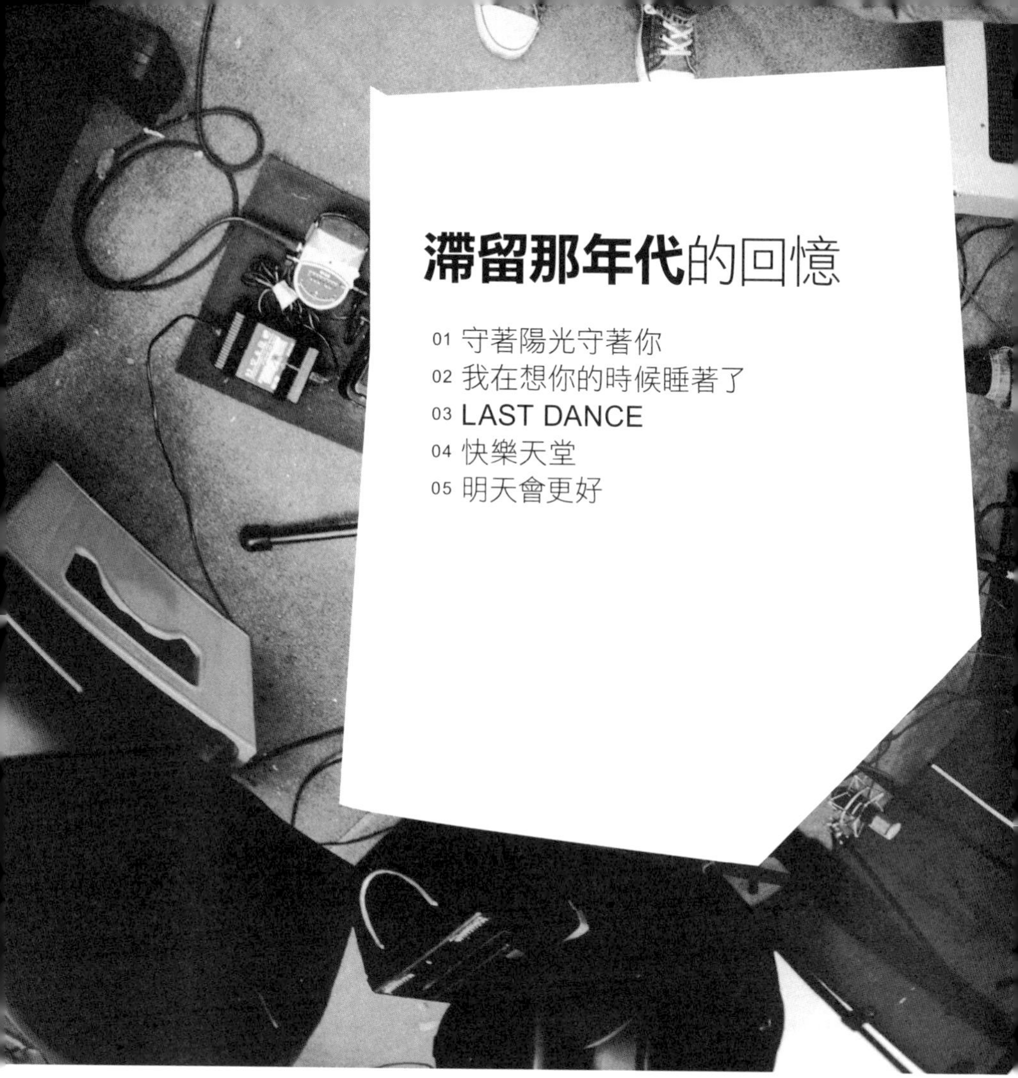

滯留那年代的回憶

01 守著陽光守著你
02 我在想你的時候睡著了
03 LAST DANCE
04 快樂天堂
05 明天會更好

父親執拗保存下來的心事，像是一間危顫的鐵皮屋，儘管小心仔細地包裹，卻可能早在許久以前就消散無蹤了。而那首歌，那支開啟記憶金庫的鎖鑰，只能面對一個腐蝕的鎖頭，再也打不開。

守著陽光守著你

詞／謝材俊，曲／李壽全。
收錄於潘越雲1982年《天天天藍》專輯。

夢境會成為過去／一如黑夜要躲藏
我仍是那最早起的明星
守著朝陽／朝陽下你燦爛的甦醒

親愛的妻，這是我寫給妳的第二百九十五封信。每當看妳昏黯的臉龐皺著眉心，眼瞼包裹微凸的眼球，我總會猜想妳看到了什麼，正在和什麼搏鬥著。妳的聲帶已經啞了，冷氣斷續的頻率呻吟起伏，嘴角的那顆痣已被擠到臉頰邊緣。妳是知道的，我最喜歡摩挲這顆細小的痣，儘管顏色漸漸淡了。還記得我從前常掛在嘴上的話嗎？我說，美麗的女人總有一顆恰到好處的美麗的痣。因為痣可以發揮想像力產生畫面感，像是一座烏金島嶼漂浮在肉色大海，或者是一粒黑色星辰獨自綻放在淡黃色天空。這已經是第二百九十五封信了，我必須調整寫信內容。最早的幾封信，我還處在深沉的哀傷之中，不願意面對發生在妳身上的悲劇。所以我開始書寫妳的小小歷史，從妳的成長照片和斷簡殘篇中重建現場。但寫到一百多封，已經把我們的婚紗照都寫完了。接著我開始報告我每天的生活給妳，將工作上或思考上所有的靈光乍現全寫進給妳的信件。寫到後來，已經變成每日記帳的內容了。我不願意再讓妳看見我困頓的模樣，那些和妳毫無關係的數字應該退場，我應該還有什麼事情告訴妳才對。

但真的沒有。我費盡心思，都無法搾出任何一滴關於妳的記憶了。距離上一封信，我足足停筆二十四天，直到妳在夢中出現的昨夜。我醒來後，張著眼睛躺在床上，轉頭看看身邊的妳沒有一絲動靜。那不是妳在夢裡擁抱我的溫度和體態，妳在夢裡的樣子像過去，肌肉充滿彈性而飽滿，緊緊相擁時會有些喘不過氣來。我睜眼無神望著天花板，回想夢裡那個妳。我被妳嚇著了，急急衝過去抱住妳，但妳沒有任何反應。與現下躺在我身邊的妳一樣，沉默無語，不發出一點聲息像株溫馴的植物。要不是妳的微弱的痣提醒我，我會漸漸以為妳不是妳了。隔壁鄰居總是來抱怨附近傳出臭味，問我是不是有什麼廚餘沒丟或老鼠死在櫥櫃夾層裡。這怎麼可能，妳是那麼愛乾淨的人，就連喝完的鋁箔包和保特瓶都會洗過分類丟置。我記得面對鄰居串門時，妳總是能夠擺出笑顏，雖然我印象最深的還是那顆擠向嘴角的痣閃閃發光。

我每天為妳擦拭身體，特別要擦亮那顆美麗的痣。輕啄妳微張的嘴唇時，我的指尖一邊感受痣的表面起伏，我閉上眼睛搭配它過去的光澤色調。它變得更硬了。我不太明白其他的部分都在發黑，為什麼獨獨只有這顆痣會逐漸褪色，一層一層卸掉色塊濃度，慢慢轉薄了。我相當害怕它越來越淡直至被吞沒在肉色大海，成為一座下沉的島嶼。在來得及之前，我打算拿出那張妳笑得燦爛的婚紗獨照，割下這顆曼妙的痣黏貼在等比例的照片上。我想不會再有下一封信了。等我關掉連續開了八個月的冷氣，打開窗戶讓陽光灑進來，一切都會結束。但我答應妳，我會帶著照片一起離開。

我在想你的時候睡著了

詞曲／張國璽。
收錄於Mojo樂團2006年《快歌一號》專輯。

今天晚上／你又讓我牽掛
你不太願意／讓我知道你在幹麼
太多情緒也許讓你徬徨
請不要擔心／快點回到我的身旁
我在想你的時候睡著了……

都過了五十年，父親至今仍然常常聆聽一首儲存他青春歲月的老歌。從小，我就時常聽到他播放這首歌，隔著門板聽他跟著嘶啞破鑼嗓子「我在想你的時候睡著了……」父親的音準不準，聲音也跟不上原唱者的強壯有力，更別談什麼聲音表情的展現。奇怪的是，我從來不覺得，唱著這首歌的父親會因為遲疑這些缺陷而把自己的音量降低，他一點也不覺得唱得不好有什麼。他只是浸潤在被音符節奏包圍的感受，自然地唱出聲音。儘管我其實只能隔著門板聽取縫隙關不住的樂聲。

我不禁好奇，已經七十多歲的父親，到底有著怎樣的故事封存在這首歌裡？雖然他始終沒提過。在他年輕時代，購買CD唱盤已經是很罕見的事了；何況這張專輯也是這支樂團的絕響（據說主唱兼詞曲創作主力跑去開飛機了），他們自從五十年前發行這張專輯就再也沒有其他作品了。相較於其他流行音樂史上的偉大樂團，他們簡直上不了任何一本書的註腳。這樣的樂團，這樣的一首歌，卻在我父親的生命中駐留下來，穿越了悠悠五十年的歲月甬道。

我研究過歌詞，內容大約是敘述某個人很關心另個人，但對方卻不太搭理他，而他總是放不下牽掛著，夾雜著猶豫、害怕、失望、期盼，直到把這些情緒帶進睡眠，都還無法放下的執念。但這跟那個平素安靜寡言的父親有什麼關係？五十年來，他與母親一直維持著和氣的狀態，幾乎沒見過他飆過母親或家裡的任何一個人，就連對家裡的貓狗都平易和藹。

有一天，他購買了一台舊款復刻的音響組合，開始整天關門播放那張久遠的專輯。一週過去，一個月過去，直到我耳朵有點受不了，敲門向他要求換一張唱片，門開卻見他涕泗縱橫地抽抽搭搭，搞得我一時相當困惑，只好讓他繼續。母親也曾開口要求更換唱片，父親卻只是變得更加沉默，逼使母親最後給出默許。

父親究竟在想著誰？那個歌詞中令他產生共鳴的「你」到底是誰？母親從不提起關於她和父親的交往過程，即使我說破了嘴要她透露一些，她仍只是輕輕一句過去的事提它做啥。如今母親已早先一步離開了，我更是無從詢問父親的青春故事——直到後來我才發現父親本身完全沒有任何朋友往來，會出現在我家的，全都是母親的朋友，沒有一個打從他們結婚前就認識父親。

我聽著門後的老人，像個男孩那樣放聲高歌，臆測他埋藏了五十年的心底祕密究竟是什麼？又與誰有關？父親執拗保存下來的心事，像是一間危顫的鐵皮屋，儘管小心仔細地包裹，卻可能早在許久以前就消散無蹤了。而那首歌，那支開啟記憶金庫的鎖鑰，只能面對一個腐蝕的鎖頭，再也打不開。

現在他仍每天聽著那張老專輯，聽到那首歌就跟著唱，然後在我敲門問他可不可以換一張唱片時，門板的另一端就會傳來抽抽搭搭的哭聲。

LAST DANCE

詞曲／伍佰。
收錄於伍佰and China Blue 1996年《愛情的盡頭》專輯。

所以暫時將妳眼睛閉了起來
可以慢慢滑進我的心懷
舞池中的人群漸漸散開
應該就是現在

從醫院把母親接回來的時候，她顯得相當孱弱蒼白，由父親攙扶。最小號的衣服褲子套在母親身上，都鬆垮地堆出許多皺摺，父親像揄著一支掃帚紮出的稻草人，母親的頭顱顯得碩大。我在後拎著行李棉被，跟著進入家中。

搬進這個新家後，總是嗅到一股陰涼氣味，約莫是房子寬敞的緣故。新家原先打算拿來經營民宿，結果變成現在一家人住卻過於寬綽的狀況。例如客廳的距離太長，即使擺上四十二吋的液晶電視，仍然讓人覺得螢幕很小；整間屋子的家具，都像被擺進一座比例尺過大的模型屋，多出的空間區塊顯得空曠浪費。雖然是新家，大多數家具仍是舊家運來的，拼湊在一起，暫時生出了一種奇異的交錯感。

我拍開灰屑，翻找出從前購買的錄音帶，揀出幾張有點年紀的唱片來聆聽。從前聽唱片，得一首一首照順序來，聽完A面換B面；遇到特喜愛的歌曲，得抓倒帶時間，重播再聽。然而大多數的專輯只有A面前兩、三首好聽，之後的七首或八首歌都是廚餘等級的爛歌。聽錄音帶是需要花點時間品嘗歌曲細節的，它得一首一首來，無法隨意選播或重播，因此也就一首一首慢慢聽完整張專輯。對照現在隨意抓取檔案、點選主打歌或切割副歌段落，可以隨時進入，卻也可隨時停止，錄音帶只有被遺忘在角落發霉的分。我摩挲著一箱錄音帶，想著不知什麼時候開始既不買錄音帶也不買CD唱盤了，想聽什麼歌曲就是上網抓進硬碟、隨身碟裡，好像把這些歌曲都捉到了雲端，關掉電腦就不存在了。

為了聽這幾卷錄音帶，順帶挖出了中學時代的隨身聽，然而不管怎麼拆怎麼清理，磁頭總是動不了。母親房內斷斷續續傳來地方電台的廣告和台語老歌，母親習慣舊式收放音機的按鍵操作，數十年不曾更替。跟母親借了收放音機，開啟一下午的老歌懷舊。

一箱錄音帶裡摻雜了幾卷錄音帶，沒有標上名稱和日期，聽了才知道那是母親自己錄下的歌聲。母親充滿力氣的歌聲在寬闊的家裡四處流竄，甚至叫出了房間裡的虛弱母親。

「想不到妳也有在唱國語歌。」錄音帶裡的母親唱了好幾首伍佰的歌曲，而我相當訝異不怎麼會說國語的母親竟然也唱起國語歌，還是搖滾的伍佰。

「伍佰唱歌台灣國語嘛。」母親說，「他有一首歌，英文字我看嘸，還不錯。」

錄音帶跑到那一首時，母親說對啦就是這一首。我教她唸這兩個英文字的發音，順便跟她解釋這是「最後一支舞」的意思。

寬大的廳堂令母親的歌聲更加迴盪，增強了背景音樂的節奏效果。母親當初大概是一邊播著原唱歌曲一邊哼唱，她的聲音和伍佰的聲音交纏在一起，彷彿在同一座舞池翩然共舞。

我坐在母親的身邊聆聽歌曲，想著也許該跟她跳一支舞。畢竟客廳實在太空曠了。

快樂天堂

詞／呂學海，曲／陳復明。
收錄於滾石歌手合輯2003年《滾石十年朋友第五張》專輯。

大象長長的鼻子正昂揚
全世界都舉起了希望
孔雀旋轉著碧麗輝煌
沒有人應該永遠沮喪

天頂的雲聚積在空中深處，凝凍歇止，似乎連陽光也必須暫時於屋外等候。那是一個幽靜的下午，或者很多個幽靜的下午被壓縮為某天下午，我默默地打開家中書櫃的拉門，把自己填塞在書櫃肚腹，安靜閱讀珍藏的盜版漫畫。

總是一隻叫做嘟嘟的博美狗陪伴我。弟弟並不在那個場景裡，也許跟鄰居小孩們去村後鐵軌路玩，也許是去偷摘土芭樂，我不那麼確定。記憶中，我是個沒有小孩緣和貓狗緣的孩子。我總是蒼白苦著臉地出現在各種場合，定格於相片裡。

我習慣洗澡時，將嘟嘟一起抱進浴室，讓牠待在堆積換洗衣物的角落，靜靜地等我洗好澡。接著我會赤條條走向嘟嘟，彎腰撫摸牠輕柔的金黃體毛，輕輕扳開牠的唇齒成丫狀，吐一泡口水到牠的喉嚨深處，再迅速闔起牠的嘴。嘟嘟吞了口水之後，會有嗆到似的舌舔動作，雙眼依然大而黑圓而無辜。我便認定嘟嘟是專屬我一個人的了。

這樣吐口水的舉止，也常發生在嘟嘟睡覺之時。我會噤聲走向斜躺著的牠，以拇指和食指掀起牠的唇肉，可以清楚看見牠的蛀牙和泛黃牙斑而舌頭夾在唇齒之間的橫切面圖。我會準確快速地吐一沫口水到唇齒接縫，再蓋上牠佈滿毛髮和觸鬚的外唇。嘟嘟是醒著的，卻很乖順地讓我做完吐口水的步驟。

我會在弟弟面前說：「你看喔，嘟嘟會聽我的話。」然後我搖著手要嘟嘟走來。嘟嘟也真的走來了。我說：「坐下！」嘟嘟疑惑睜眼看著我，沒有動靜。我再說：「坐下！」嘟嘟依然帶著困惑卻不依從指示，直挺挺站著。弟弟沒說話，只是沉默看著眼前這一幕。我又說：「嘟嘟，坐下！聽到沒？」嘟嘟還是沒有坐下，只是輕輕搖著膨鬆的尾巴。弟弟就轉身走開了。

弟弟轉身離去，我仍執拗地要嘟嘟坐下。我一邊以手指壓著牠的軀體，一邊唸著口令希望牠可以明白。壓了好一會兒，牠的後肢才開竅似的斂起坐下。我略微滿意的看著，牠卻一下又弓起身子準備站起。我趕緊再壓住，「我說坐下！」嘟嘟終於坐好不動了。我相當滿意，把嘟嘟的嘴巴掰開，吐了口水到牠的喉嚨深處，闔住，單手握住嘟嘟的嘴。「嘟嘟，你是只屬於我一個人的喔！」我在心裡默唸著。

後來養過好幾條不同品種的狗，童年就在狗與狗之間，逐漸逸失拼圖小片似的，整幅圖景蹭成一堆灰塵。嘟嘟到哪裡去了？我始終記不起來，只記得自己不斷往狗嘴裡吐口水的動作。

「你記得我們那隻狗嗎，嘟嘟？」我偶然問起弟弟。

「什麼狗？」

「那隻博美。」

「我們從來沒養過博美吧？」

不可能的。那我的童年是怎麼回事？那些安靜的下午，那些漫畫、洗澡間裡的等待又是怎麼回事？

「怎麼？」弟弟問。

「沒事。」

我不會說出去的。這樣，嘟嘟就只屬於我一個人了。

明天會更好

詞／羅大佑、張大春、許乃勝、李壽全、邱復生、張艾嘉、詹宏志，曲／羅大佑。
收錄於六十餘位歌手合唱1985年〈明天會更好〉單曲。

唱出你的熱情／伸出你雙手
讓我擁抱著你的夢
讓我擁有你真心的面孔
讓我們的笑容／充滿著青春的驕傲
讓我們期待明天會更好

時間這回事就像冰塊，赫然發現時早就融得無聲無息，心裡往往不免暗暗一驚。接到轉寄來的老歌懷念集廣告，他重聽了這首歌。以前沒注意過，作詞人之中竟然也有日後相當知名的小說家和趨勢專家。而其中幾個合唱名單上的歌者，老早就躺進記憶的鐵盒子，堆在看不見的角落裡吃滿灰塵。二十多年來，這批人改變可真大。他想。有人僥倖第一次參選就選上立法委員、有人早從所謂的玉女歌星退役下來成為光華褪盡的富商之妻、性格民歌手剛結束了數年的牢獄生活、歌聲雄渾的女歌手成了麵包店老闆娘，而那個整首歌第一個出聲的女歌手，彼時當然也不知道日後會一直被追問關於前夫某華人大導猝逝的感受……他們大約都沒想過，二十多年後的島上會因為某場想都沒想過的浩大選舉，把他們又糾集在一起。只是所有人都得面臨選邊站的窘境了……天，他突然想到，就連宣布解嚴也都是兩年後的事。

他真想寫一封信給這六十多個詞曲演唱參與者，問他們一句：「明天依然會更好嗎？」他相信，可能十之八九都會回說：「怎麼可能！」激烈一點可能會說：「去你的明天！」他覺得，這一定是年紀的緣故。這一批人至今多半都已經四、五十歲開外了，過了人生折返點的餘生正在推向終點，更可能忽然就戛然終止，談什麼明天？就像他現在的軀體，逐漸凝凍的神經知覺慢慢擴散到全身每一寸肌膚，明天的天空只會離他更遙遠而且更灰暗了。他畢竟只能困在一張小小的氣墊床升升降降，遙遙望著空中花園外遠處的景象。他有多久沒赤腳貼著泥巴地，迎面吹拂充滿鹹味的海風？他的人生不知從什麼時候開始，充斥著各式各樣的天花板，這些介入他視野的單調天花板日日阻擋在他與天空之間。

而他是不屬於明天的。當他躺在這裡的那一刻起，所有的追問都在指向昨天和許多個沒有察覺的過去時分。他始終不明白，是在哪個靜默的時刻，他的身體內裡產生了緩慢到無法警覺的漸變，把他整個人慢慢像扭擰束緊的濕毛巾，一口氣搾走大部分精力，就連最後幾滴都要驅逐出去。等他意識到時，他整個人早已是條充滿水氣等待風乾的毛巾了。他知道終有一天，他會完全風乾，成為一張擺晃在空氣裡、皺皺的乾毛巾。所以他痛恨明天。

對一個只擁有昨天的人來說，痛恨明天是極其正常的事。問題是，如果他能沉溺在昨天，他會好過些。問題的問題是，他是個連昨天也不太豐富的人。當年他二十郎當，根本對那首大合唱了無興趣——那說的不盡是廢話嗎？誰都知道明天會更好，而且如果明天都屬於他的更是好。完全沒想過現在這種被明天拒斥在外的景況，竟然會發生在他自己身上。

義工走進房間，隨口跟他打上招呼，接著上前扭開電視機。螢幕上正在播放大選開票實況。他隱約聽見義工們彼此啐罵玩笑的聲音，明明就坐在他身旁卻感覺是遙遠傳來的回聲。他最後連表決千萬分之一的明天的權利都失去了。他想。

bootleg  A bootleg  A

AQUARIUS

AQUARIUS

AQUARIUS

AQUARIUS

每個人心中都有一座島嶼，
藉文字呼息而靜謐，
Island，我們心靈的岸。

靴子腿
黃崇凱
音樂復刻
私房集
bootleg

寶瓶
AQUARIUS

Island 116

靴子腿——音樂復刻私房集

作者／黃崇凱

發行人／張寶琴
社長兼總編輯／朱亞君
主編／張純玲
編輯／施怡年
外文主編／簡伊玲
美術主編／林慧雯
校對／施怡年・陳佩伶・余素維
企劃副理／蘇靜玲
業務經理／盧金城
財務主任／歐素琪　業務助理／林裕翔
出版者／寶瓶文化事業有限公司
地址／台北市110信義區基隆路一段180號8樓
電話／(02) 27494988　傳真／(02) 27495072
郵政劃撥／19446403　寶瓶文化事業有限公司
印刷廠／世和印製企業有限公司
總經銷／大和書報圖書股份有限公司　電話／(02) 89902588
地址／台北縣五股工業區五工五路2號　傳真／(02) 22997900
E-mail／aquarius@udngroup.com

法律顧問／理律法律事務所陳長文律師、蔣大中律師
如有破損或裝訂錯誤，請寄回本公司更換
著作完成日期／二〇〇九年
初版一刷日期／二〇〇九年十二月
初版二刷日期／二〇〇九年十二月八日
ISBN／978-986-6745-92-8
定價／二六〇元

財團法人｜國家文化藝術｜基金會
National Culture and Arts Foundation　補助出版

國家圖書館預行編目資料

靴子腿：音樂復刻私房集／黃崇凱著. --
初版. --臺北市：寶瓶文化, 2009.12
面；　公分. --(Island；116)
ISBN 978-986-6745-92-8（平裝）

857.63　　98020866

KTV是個奇妙的娛樂場所，
它很可能是城市裡故事密度最高的地方，
每晚打開一間包廂，
它都會是不同的世界。

B面

靴子腿B面目錄

B面的歌①

這份工作說起來的確不難。戴上笑容面具為客人帶位，介紹消費方式和主打優惠，替顧客裝好麥克風套，然後跟他們鞠躬搿搿祝福歡唱愉快。之後主要是應付客人們的餐點需求，接電話記下餐點內容，吩咐廚房，依次送到包廂。客人離場後整理包廂，倒垃圾、拖地之類，完畢。如果一間包廂一間包廂分別處理，看起來真是輕鬆寫意，我甚至可以在休息室看漫畫、聽音樂。不幸的是，我到這裡從沒遇過這樣的美好時光，包廂來電時常是一通接一通地響，照副理要求的，還要口氣溫和地回答每一項要求。（「我要紐奧良雞翅一份，不加辣。」媽的，這上面就是寫紐奧良『辣』雞翅啊；「你們有沒有膨大海以外可以潤喉的飲料？」桌上滿多薄荷喉糖的請自行服用；「我們點的歌一直沒來！」這我也沒辦法

啊……諸如此類的。）基本上只要不太誇張，我想我們的工作原則就是符合客人需求。「客之所欲，常在我心。」很爛的話，不過副理總是這麼說。

我時常好奇為什麼每天這麼多人上KTV？因為流行歌大量生產需要大量的人消費？還是這裡提供了合法吶喊的機會？或者只是想唱著永遠不可能跟原唱者一樣完美的K歌？……我只知道整個國語歌壇都充斥著失戀、情傷和分離的歌曲，這是一座用傷口和鹽巴組成的傷心城。在KTV裡更好了，他們還有影音聲光兼具的MV一起搭配服用，整個包廂的氣氛可能因為一首梁靜茹的〈勇氣〉或是光良的〈童話〉弄得異常凝重只有偶爾出現的咳嗽聲。包廂裡所有人都會很沉默地看完已經沒有歌詞的結局，聽那些演技實在不好的歌手或模特兒說幾句口白。據說很多歌曲在反映人的內心情緒，很多人到KTV就是為了唱這些悲傷的歌曲，一點就是好幾頁，一、兩百首那樣的恐怖規模。我有時挺擔心會不會有人唱歌唱到後來

①〈B面的歌〉，詞／施人誠，曲／陳小霞，收錄於霍正奇1999年《藍色界限》專輯。他有次略帶惆悵地跟她說：「我就像B面的歌。」她略帶無奈地回說：「你真的不是我的主打歌。」

因為太悲傷，乾脆把背包裡的燒炭組拿出來生火？不過似乎還沒有發生過那樣的事。這是不是說明ＫＴＶ其實有某種心靈療癒的功能？也許把它視為心理諮商所或心靈成長班比較恰當。這些人靠著電視螢幕、麥克風和音響，ＭＶ裡漂亮的畫面和愚蠢的劇情，一個字一個字地填滿旋律和歌詞，歌曲完結還能自我評量打分數。其實我從前就是那種人。沮喪的時候去ＫＴＶ報到，快樂時也到ＫＴＶ歡唱，有的時候只是覺得不想讓寂寞變成某種公害（很多人無法忍受別人無精打采的廢柴樣），就躲到包廂裡去。那裡空間小小的、暗暗的，有冷氣、有餐點，馬桶都是白色且比男生宿舍廁所乾淨一萬倍（另附衛生紙），讓人感覺生活充足，衣食無虞。當然現在變成服務生不一樣了，不過每當打開包廂門，我還是偶爾會錯覺自己是某個遲到赴約的傢伙。

問我為什麼到ＫＴＶ工作？我還真答不上來。我做過麥當勞和加油站，但不想在完整目睹炸雞的油炸過程後繼續快樂啃炸雞（但我會繼續擁抱肯德基和漢堡王，因為我沒在那裡打工過），也不想再聞汽油燃燒不完全的臭味（那會令我參加要求政府落實《京都議定書》的連署活動），況且大夜班時薪比較好。嗯，聽起來都滿不痛不癢的，不過也不需要細想為什麼不做這個要做那個。就像，有人

問為什麼不跟這個女孩在一起要跟另一個女孩在一起，我可能會回答：因為她是**另一個女孩**。這很重要，不是這個那個，是**另一個**。那就表示她有別於很多其他的女孩。當然，這是要克服許多技術性困難的。例如我讀過幾本書，可以用村上春樹那種無可無不可的無所謂憂鬱感吸引某些人（雖然我只讀過《挪威的森林》，但我一向聲稱我最喜歡村上的作品就是《挪威的森林》），然後再用吳宗憲的白爛玩笑逗某些人開心（只要常常收看他的節目就可以學會），然後再扯一點資本主義弊病或全球化問題讓自己看上去有點深度（偶爾從報紙的無聊專欄學來的術語名詞），最後我會得到一個算式——無所謂憂鬱感＋白爛玩笑＋虛偽的深度＝沒有人瞭解我（在我沮喪指數很高的時刻，這個算式會逼近等於沒有人愛我）。這個算式結果是令人失望透頂的，有時候我想不通為什麼分開來看都是吸引人的元素，加總在一起結果卻不盡人意。不過也許年紀大了些即將邁入難以置信的三十歲，身上的武裝就會加強，大多數時候我覺得自己無堅不摧，像《變形金剛》的柯博文那麼威猛又摧枯拉朽（好吧，我知道他在第二集有被幹掉過）。

反正這只是一份暫時的工作，拿來應付退伍後灌滿空白日子的家族嘮叨。反正就是當個打工仔，況且家裡經濟也沒急迫到我需要在工地波浪板上用紅色噴漆噴

上「你需要臨時工嗎」的那種程度。他們只是擔心。這種心境，怎麼說呢，MC HOTDOG就滿瞭的②。不過他已經哭爸哭出一片天了，這是我們之間最巨大的差別（還有一個差異是我覺得林志玲還不錯啊）③。總之，又是上班時間了。

曾基巴是這樣的，你第一眼看到他會覺得「喔！型男」，聽過他說話之後，你會覺得他應該就是那種不知道自己在幹嘛又不知所云的最佳範本。他的帥是那種，用小說家佛斯特《小說面面觀》裡的話是「扁平的帥」；用社會學家馬庫色《單向度的人》來說是「單向度的帥」（我真的有讀過幾本書）。以上翻譯成白話文就是：他很帥，但沒什麼腦袋。你完全不知道他的感觸點在哪裡，也不知道他為什麼會把話說成那個樣子，再翻譯成現代漢語就是，你捉摸不了他話裡的情緒。我同樣不知道他每次來上大夜班幹嘛穿得好像要上綜藝節目通告或是準備要去上哪本時尚雜誌拍攝封面美型照片。雖然分辨不出層次，他也總要脫掉換成店裡的制服，我總不懂幹嘛他穿得那麼費神。

「這叫對得起自己。你每天幾件髒髒張T恤穿來穿去都不覺得煩嗎？」

嗯，我的確是因為覺得穿衣服很煩才會一次買好幾件同款衣服。對了，雖然

我在內心的抱怨文和困惑文很多很多，待人處世上我其實是話少又謙和的。

「幹。少拿你的審美標準衡量別人。」看吧，我真的是我自己形容的那樣溫和害羞。

曾基巴聳聳肩，繼續穿他的制服。

「有時候我覺得你腦袋燒壞了。你應該稍微使用一下你的雞雞。它只剩下排泄功能都是你害的。」

「你的陽具崇拜發作了嗎？你根本還沒脫離他媽的肛門期。」這就是為什麼要叫他曾基巴的原因。我們穿好制服、別上名牌、戴上對講機和耳機，準備上工。

我們都把客人滿檔的時刻稱為「大出」，那種時刻我和曾基巴偶然在走道上相遇都累得只能點個頭嗯一聲，然後錯身分別前往召喚我們的包廂走去。奔跑，

---

②指MC HOTDOG〈我的生活〉，詞／MC HOTDOG（姚中仁），曲／Johnny Wu，收錄於MC HOTDOG 2001年《犬》EP。

③這裡是指MC HOTDOG〈我愛台妹〉，詞曲／姚中仁、張震嶽，收錄於MC HOTDOG 2006年《Wake Up》專輯。傳播妹很困惑為什麼她的台客男友只有在唱〈我愛台妹〉時才會說愛她，並且同時批評林志玲和侯佩岑讓她開心。她真希望他天天對她這麼說。

急行，快步，每個晚上幾乎都要隨時切換這三種頻率的步伐。有時像轉檯那樣跳來竄去，雖然我做的是很正經的ＫＴＶ服務生工作，一整晚下來還時常錯覺自己是到處轉檯的傳播妹。說到傳播妹，這的確是真實存在於各大ＫＴＶ的生物。她們很好分辨，只要你在包廂現場就會知道，那絕非一般朋友見面聚會的氣氛。她們通常一對一陪坐在男客身旁，桌上的小菜和炸雞翅吃的人不會很多（傳播妹到處混ＫＴＶ，已經吃得很厭；而男客們此時腦中灌滿精液，手又忙著探索，根本無暇享用食物），啤酒通常會有一桶以上，冰塊和杯子需求量很大，時常要去補充。還有，大部分的傳播妹真的是姿色普通，頂多中上，絕大多數是靠妝扮撐起來的扁平美麗，真正令人驚為天人的非常之少。我總會想到MC HOTDOG的〈十三號天使〉④。只是從來沒見過有什麼人會在傳播妹在場的時刻，真的點了這首歌來唱。搞不好，對她們來說，她們只是陪唱陪喝陪猜拳陪閒聊，屬於古時候那種賣笑不賣身的。跟我們這種賣笑又賣身的比起來，還是高等多了。**但是妳正又辣我一看就起生理變化……**

走遍各大包廂，很容易看到某間包廂成了某樂團某歌手的小型素人發表會。這一間是五月天，那一間是周杰倫，又一間是陳奕迅……夜唱時分，每扇門都關

著一個不世出的大俠歌手，在他的小小世界裡大殺四方，以歌聲殺倒所有觀眾。那有時看起來滿孤絕的，像是一隻荒野孤狼獨自面對狹窄的鐵籠咆哮吶喊。所有人進到這裡來總不免會出現這種姿態。麥克風就是他手中的槍砲，刺向自己身上最需攻擊的傷口，讓它化膿得更嚴重，流出更大規模的血量，最後就在大量誇張的痛徹心肺中獲得一時解脫，好像張惠妹唱的那樣：**解脫，是肯承認這是個錯……**⑤穿梭包廂的時間越久，越容易逼人變得世故或犬儒。畢竟那些悲傷的故事實在太多太多了。就一個國語流行歌曲的長期聽眾而言，國語歌曲真是充滿著前所未有的悲傷。想想看，有些洋人歌手還會以反戰、反政府、反體制作為出發點寫歌，國語流行歌曲幾乎沒有這些。有也是很少很少，至少上不了KTV的點唱排行榜。於是看看長期佔據在點唱前一百名的歌曲名單，我打賭裡面大概有六十首

④〈十三號天使〉，詞／MC HOTDOG、大支，曲／Johnny Wu，收錄於MC HOTDOG 2001年《犬》EP。傳播妹、老早就知道這首歌，在她還不是傳播妹的時候。那時她也跟朋友上KTV唱歌，有個同學點了〈十三號天使〉rap起來，她才知道原來價碼是這麼算。她並不介意客人當場點這首歌唱，也沒有被羞辱的感覺，她只會多撈一點，反正錢越多就隨你搞，business is business。

⑤〈解脫〉，詞／姚若龍，曲／許華強，收錄於張惠妹1996年《姊妹》專輯。

是被甩的悲傷，二十首是暗戀的悲傷，十首是感懷的悲傷，十首是其他（包含爽快的、罵人的、快樂的、不知所云等幾種）。那怎麼辦？整個世界就是無止盡的悲傷，尤其國語流行歌曲的世界更悲傷到有點興高采烈了。大支說得好：**人生海海，有一些事情我嘛是要說給妳知⑥。**

「先生，請問需要啤酒嗎？」我問了包廂唯一的男客。

「喔、喔，你問那位小姐需不需要。我不用。」皮膚黝黑，戴著洋基棒球帽，穿著陸軍小白豹運動鞋。內行一看就知道是阿兵哥嘛。

「小姐，請問……」

「我不用。」這位小姐很快就給我答案。整個小包廂只有他們一男一女。但我可以肯定他們絕不是情侶。因為一個小時前我才在另一間大包廂見過眼前這位穿著超短熱褲的馬尾小姑娘。顯然她是轉檯了。馬尾妹雙手抱在胸前，雙腿交疊坐在點歌機的另一側。阿兵哥穿著俗氣的格子襯衫，露出陸軍綠色內衣，來來回回翻著點歌簿，不知在找什麼歌。這兩個人任由電視畫面上播映的熱門主打歌ＭＶ持續跳閃著，也沒說不要我說明消費方式。我只好稍微解釋本時段計費方式和優

惠，雖然他們兩個都沒在聽。（拜託，馬尾妹妳比我還熟吧！）我快速說完退出去，想著馬尾妹那雙空洞又水汪汪的大眼睛。她看起來很疲累。不過看樣子是得陪這個凌晨三點從網咖打完虛擬魔獸怪物出來卻發現自己無處可去的阿兵哥窩完大半夜到早上六點吧。傳播妹也是工作很辛苦勤奮的呢。

再推門送餐點時，他們正在疲憊地對唱〈屋頂〉⑦。馬尾妹唱到「**我悄悄關上門，帶著希望上去，原來是我夢裡常出現的那個人。**」馬尾妹的歌聲比我想像中清亮，至少這幾句唱得很到位。輪到阿兵哥唱男方。嗯，算了。我想這裡不值得花篇幅描述。我猜測，傳播妹就是因應越來越多的對唱曲逐漸興盛起來的行業。照我毫無根據的猜測，一堆男性在一起只會唱些亂改詞的歪歌不然就是清一色男性歌手的歌。要是有女生在其中，就多多少少會出現男女對唱曲，平衡這種雄性

⑥〈十三號天使〉，詞／MC HOTDOG、大支，曲／Johnny Wu，收錄於MC HOTDOG 2001年《犬》EP。傳播妹有次還真的遇到了當面點這首歌來唱的客人，可是那個傢伙卻是個女的。她覺得這個世界一定出了什麼問題。

⑦〈屋頂〉，詞曲／周杰倫，收錄於吳宗憲1999年《你比從前快樂》專輯。傳播妹曾經一個晚上對唱〈屋頂〉二十九次。她不明白為什麼大家都要點這首歌。但她知道得敬業一點，這是工作。

荷爾蒙過於發達的點歌取向。而一堆曠男在一塊唱歌時常容易覺得無聊單調，但又沒辦法找什麼女生來，傳播妹完全解決這個社會問題。她們安定了這群男孩的肛門期躁動，又撫慰了男孩們寂寞脆弱的空虛心靈，真正把愛傳播出去。大約凌晨三、四點左右，幾乎所有夜唱的包廂都會逐漸沉寂下來，通常只剩下一、兩個還撐著不睡的掌握麥克風主導權，其他人則會陷入類似半睡半醒的恍惚狀態，有些根本就是睡死。我們繁忙的工作在這時候通常也獲得一絲喘息。我和曾基巴總算可以坐下來鬆鬆緊繃的雙腿肌肉。沒想到才一坐下，就有包廂按服務鈴，又要去當召喚獸。是馬尾妹。

「請問您需要什麼？」

「你看看他。」我看看那個阿兵哥。睡相可真甜，一副九二一大地震再來一次也震不醒的模樣。可怕的是打呼聲，斷斷續續的殺豬聲令人害怕他不小心就嗝屁了。

「好無聊。」她一副攤手無可奈何的樣子。

「那就回家去啊。」

「可是，你知道的嘛。總不能把他一個丟在這裡。我自己拿錢走人，好像在

搞仙人跳。」好一個有情有義的傳播妹。

「那就留著吧。」我注意她往我靠近，好像可以看見有點陰影的乳溝。

「嗯……所以，你可不可以幫人家一次？」我的媽，我可以幫妳什麼？瞬間我的興奮感好像即將點燃的炸藥幾乎被引爆了。如果你知道她用的是哪種軟綿綿的聲音跟我說那句話。

「呃……」我果然是害羞又謙和的傢伙。這個時候我竟然發不出聲音。

「你幫人家從他的皮夾抽個，嗯，我算一下，八三二十四……拿兩千好了。」小姐，我的天殺馬尾妹，有沒有搞錯？我這一幫妳不就更像仙人跳情節了？沒想到這時候我聽見自己的聲音說：「妳是一小時八百？」

「怎麼嗎？」

「妳才陪他一個多小時，拿兩千好像有點太多。」

「你他誰啊？」

「我不是誰。我看一千就好。」

幹。我居然幫這個素昧平生的偉大國軍弟兄講價錢。霎時覺得自己不只在搞仙人跳，還兼差做公益了。

當我告訴曾基巴這件蠢事時，他果然沒出乎意料的服膺證嚴上人說好話做好事的教誨：「那你還不把她嘿咻了？」我猜他的雞雞應該也是扁平的、單向度的那種。正因為雞雞不會思考，所以要由人們替它決定往哪裡去。MC HOTDOG的歌又在耳邊響起：你要去哪裡？你要去哪裡？你要去哪裡？……我對著曾基巴rap了幾句：「妹妹說我怎麼一天到晚在哭爸，妳老哥我玩的是饒舌樂，妳只會聽周華健妳不會瞭解。⑧」嗶嗶，嗶嗶嗶，熱狗的歌真是好用。欸，天亮了，還是趕緊回家睡覺比較實在。關於你要去哪裡這個鳥問題，我想我明天起床之後再來考慮。

⑧〈你要去哪裡〉，詞／MC HOTDOG、大支，曲／大支，收錄於MC HOTDOG 2001年《MC HOT DOG》EP。

一、K歌之王⑨

國中時我開始每年製作一張個人版年度十大要事。後來從這個十大榜延伸，我慢慢把自己生活裡所有人事物都弄成排行榜。不過我也沒那麼勤勞，像金曲龍虎榜每週更新內容，也沒空選月冠軍、季冠軍，只有年度冠軍榜我會花點心思整理。後來我發現整理各式各樣的排行榜相當好用——當你不想對任何事物表達清楚的感受給自己知道或給別人瞭解，但又想模糊帶過，那麼從事各種排行榜的製作絕對有益身心健康。例如起床時分應該可以弄個起床歌的金曲龍虎榜（我的前三名是蘇芮〈酒矸倘賣無〉⑩、葉啟田〈愛拼才會贏〉⑪、加入不久的盧廣仲〈早安，晨之美！〉⑫）；晨便（雖然我起床時都下午了，叫「午便」還是很不習慣）時的助便金曲龍虎榜（我的前三名是張國璽〈呷賽〉⑬、施文彬〈誰是老大〉⑭、

柯有綸〈哭笑不得〉⑮）。諸如此類的排行榜。這種排行榜弄久了，到後來你的所有感受都可以排出名次，有時沒什麼道理可言。我下午出門去上班時的心情大概

⑨〈K歌之王〉，詞／林夕，曲／陳輝陽，收錄於陳奕迅2001年《反正是我》專輯。K歌之王到KTV會唱很多歌，這首〈K歌之王〉當然包括在內。不過他更喜歡點古巨基〈情歌王〉，一口氣能唱十二分鐘的芭樂副歌大組合，比〈K歌之王〉還要「K歌之王」。

⑩〈酒矸倘賣無〉，詞曲／侯德建，收錄於蘇芮2003年《20年特別選》專輯。他後來發現這個詞曲作者實在太威了，他竟然也是〈龍的傳人〉作者，後來還跑到大陸參加六四民運，而現在專門研究《易經》。人生果然有很多可能性，不過都不是他的。

⑪〈愛拼才會贏〉，詞曲／陳百潭，收錄於葉啟田1988年《愛拼才會贏》專輯。他記得小學時每年總有某個榮譽校友回來跟學生或主任或校長合照，之後那張合照總會成為當期校刊封面。那個榮譽校友是個叫做葉憲修的立法委員。他始終沒搞懂：到底他是因為唱歌還是因為當立委變成榮譽校友？

⑫〈早安，晨之美！〉，詞曲／盧廣仲，收錄於盧廣仲2008年《100種生活》專輯。當他聽說這首歌總共唱了99次「對啊」，他覺得真妙，不禁喊出「對啊」湊足100次，那又可以去唱盧廣仲另一首〈100種生活〉。

⑬〈呷賽〉，詞曲／張國璽，收錄於MOJO樂團2006年《快歌一號》專輯。據說這個前拖拉庫樂團主唱後來跑去開飛機了。他想，不知哪天能有機會坐上這個主唱開的飛機，聽主唱向乘客問候完，開始唱起〈飛向陽光飛向你〉或者〈我愛夏天〉。要是可以接受乘客點歌就更棒了。

⑭〈誰是老大〉，詞／武雄，曲／蘇麗，收錄於施文彬1998年《按怎死都不知》專輯。後來大家都知道這首超酷的台語歌來自Michael Jackson的名曲Beat it。他每次聽這張專輯，聽〈七仔〉想起失戀痛苦，又聽〈誰是老大〉想起麥可掛點，兩種都令他很難過。

⑮〈哭笑不得〉，詞／方文山，曲／柯有綸，收錄於柯有綸2005年《柯有綸首張創作》專輯。他把這首歌列入「晨便排行榜」的理由只是因為他很常便祕。

在「上班前短暫憂鬱發作排行榜」裡可以排上十九名吧。但不要問我前十八名是什麼時候，我也說不出來。

在KTV工作時間越來越長，會突然發現自己不時哼起最近流行的熱門歌曲，由一大堆片段副歌組成的歌曲。最新主打的專輯新歌，我幾乎都沒聽過原唱者怎麼詮釋那些歌曲，我的聆聽版本永遠都是充滿殘破嗓音或音準領有輕度或重度身心障礙證的片段旋律和歌詞。慢慢這些面目猙獰醜陋的歌曲會佔據耳朵深處的耳蝸，有時甚至會懷疑是不是深入到大腦海馬迴。到後來再聽見原唱者的聲音時，總會覺得有點太造作的過於完整。有些客人是這樣：他很會唱，可以說唱得很好，但沒感情，他似乎只是來炫耀自己的歌喉，繼續補充滿溢的自戀；有些客人是這樣：他不會唱，可以說唱得很差，但有感情，他是來釋放悲傷的情緒，再從歌曲補充一點自憐自艾。聽過很多人說心情不好到KTV吼一吼，心情就可以轉向，不再只想某些悲傷的故事。但我見過更多人到KTV點的全部都是受傷和沮喪的歌曲，裡頭充滿無奈，灑狗血式的鬱悶，於是那些悲傷都要以極度喧囂來遮遮掩掩，結果是包廂裡被哀嚎遍野挾持逗弄。現在這個包廂裡的傢伙就是。不過他

只有一個人。而且是個老人。

老人？難道他就是傳說中的K歌之王？傳說中K歌之王總是抹著髮油梳著整齊的髮型，身著白色西裝腳踩白色亮皮鞋，戴著紳士帽一副紳士模樣。眼前這個大約七十多歲的老伯完全符合傳言模樣。儘管K歌之王看起來似乎會唱很多台語小調，但他大多唱國語流行歌。我第一次這麼近距離地聽一則傳說唱歌，他正在唱老爹・迪克牛仔（中間加個外國人的姓名音界號好像真的比較了不起）的〈三萬英尺〉⑯：「**爬昇，速度將我推向椅背……**」一九九九年，老爹第一張個人專輯第二波主打歌。K歌之王以他七十歲的嗓音聲嘶力竭地喊著，不過我完全不會因為他的歌藝被感動，真正感動我的是他唱得那麼爛，完全拉不上去的音階硬生生卡在低八度的位置而且沒打算降原key，他還是很努力很投入地唱著。然後我被這首歌莫名其妙拉回我的終結童男之役。

那還是錄音帶時期末葉，A面的歌播放完畢才能轉到B面。我特別喜愛卡帶

⑯〈三萬英尺〉，詞曲／謝銘祐，收錄於迪克牛仔1999年《忘記我還是忘記他》專輯。他每次搭上飛機總會想起這首歌，接著開始努力回想英尺換算公尺的公式，導致整個航程他都因為想不起來而心神不寧。

磁條捲盡，放音機按鈕即時彈起的聲音。這時必須取出錄音帶換面，將錄音帶放入卡帶匣闔上的聲音像是預告，接下來將有美妙的歌曲從機器裡發出聲音。它暗示著預先規範好的秩序感，以整齊劃一的先後順序聆聽歌曲，完成A面才能前往B面。如果要錄製自己的十大金曲，那就要費盡心思考慮每一首歌的排序，安排每首歌之間的神祕聯繫和感受。

總之我要說的是，那天下午陽光很好，更好的是家裡沒有其他人在，我賴在當時的女朋友身上磨蹭，我們蹭來蹭去，開始熱身，彷彿我即將要參加全壘打大賽而且我是唯一參賽者。我當時就很明白那些親熱磨蹭就是劃分在A面的活動程序，我必須先聽完才能前進到B面。彼時剛買下的老爹專輯就在房間裡反覆播放，儘管沒人在家，還是下意識想用歌曲掩蓋某些在磨蹭過程裡可能發出的聲音。已經聽完一遍，再次回到A面第一首，老爹的〈三萬英尺〉此時簡直像隻導盲犬，以歌詞引領我逐漸爬升（爬昇，速度將我推向椅背），邁向三萬英尺的高空（遠離地面，快接近三萬英尺的距離）。最後在這一句歌詞裡結束我的童男生涯——要飛向哪裡，能飛向哪裡，我浮在天空裡，自由的很無力。

歌曲真的是很奇妙的一件事，它出現在生命各種重要或不重要的場景裡，可

能是背景音樂或插曲，當你盤點過去的記憶時空，某些歌曲總會不經意跑出來衝撞你一下。那一下有時撞得你鼻青臉腫，有時是讓你胸悶喘不過氣來，就只好帶著瘀傷和內傷過一段時間。後來那個女孩呢，開始讓我注意很多內容講述被甩心情的情歌，就是那段時間我開始有空就到ＫＴＶ去，流連在ＫＴＶ的電視畫面和奶茶之間，以第一人稱的方式重新敘述大量的失戀情歌。麥克風是握有故事主導權的權杖，當我們握上這支神奇魔棒，我們都可以化身成情歌故事裡那個第一人稱，娓娓控訴那些使我們難過、撕心裂肺的挫敗，而我們腦中自動跳現符合螢幕歌詞的個人情節，於是我們並不只是用詞語填滿字幕空白，我們也用自己的情傷填滿那些字幕，使它一句一句跳到下一段，直到歌曲完結。然後我們重新賦予一首情歌新的意義，從此以後，當歌曲旋律再度響起，就是重新複習銘刻著某段記憶的主題曲。所以我們每個人都應該錄製一張自己人生這部爛電影的原聲帶。眼前的Ｋ歌之王是不是每晚到這裡反覆播放他的原聲帶？傳說他幾乎每天都來報到，但我很擔心他的老人年金是否夠用（儘管我們有長青優惠價）。傳說Ｋ歌之王時常會邀當晚負責這間包廂的服務生一起歡唱高歌，一定會邀他合唱當時點播的歌曲，如果拒絕的話，他會很仔細地填好客戶問卷並指控你服務態度不佳。

「少年仔，這首歌你會不會唱？」他指著螢幕上依然是老爹第一張專輯的名曲〈忘記我還是忘記他〉⑰。怎麼可能不會。這是那張專輯的A面第二首歌。

「阿伯，我不會耶。」跟個老人唱歌還是太怪了。況且搞不好他喊得太激動連假牙都噴出來。

「你跟我一起唱就會了。」

「可是我們跟客人唱歌不太好，會被罵。」

「驚啥？有問題就找我。我老客戶，恁副理攏熟識。」我只好乖乖和他合唱。他照舊用他破鑼嗓唱歌，我拿著麥克風支支吾吾亂唱敷衍一通，他看起來很投入。我很和氣地退出包廂。K歌之王總是這樣一個人唱歌，每天兩小時。一個人的KTV，每晚開演的個人秀，演唱者、觀眾和主辦人三位一體的素人演唱會。我們這些服務生是和他串場合唱的特別來賓。當天下班時我跟曾基巴說遇到傳說中的K歌之王，他表示下次有機會要找他合唱MC HOTDOG的〈西門町老人〉⑱。這傢伙造的口業應該會讓他噶屁後直接到拔舌地獄報到。

隔夜沒想到又碰見K歌之王。KTV是這樣，每層樓每間包廂的整齊切割像是

一幢龐雜的公寓大廈，ＫＴＶ出租包廂和歌曲，販賣個人歌唱空間和餐點，也銷售填充孤獨的短暫快樂和哀愁。說實在的，這麼大一家ＫＴＶ裡，即使有人每天報到你也不見得碰得到，顧客來來去去，隨機被分派到各樓層的空包廂，而我們服務生主要待在固定的樓層，在固定的工作時間幹活。傳說中的Ｋ歌之王就是因為不知道什麼時候會碰上一次，才會成為傳說。因此當我連續兩個晚上碰見他，我突然覺得他好像真實起來了。

「少年仔，擱是你？」他顯然沒有阿茲海默症，心智運作正常。

「阿伯你好，擱是我。」他不需要任何計費說明，迅速點了奶茶和水餃。

直到遇見Ｋ歌之王之前，我以為ＫＴＶ是無聊年輕人和無趣中年人才來的地

---

⑰〈忘記我還是忘記他〉，詞／張政群，曲／呂禎晃，收錄於迪克牛仔1999年《忘記我還是忘記他》專輯。他最早知道迪克牛仔是因為他唱了《灌籃高手》卡通國語主題曲〈無力去愛誰〉。當時他覺得原主題曲簡直被改編得不倫不類。後來知道老爹四十歲才發第一張個人專輯，他才醒悟生活原來很艱難。

⑱〈西門町老人〉，詞／MC HOTDOG，曲／Johnny Wu，收錄於MC HOTDOG 2001年《犬》EP。曾基巴偶爾到西門町去，每次聞到那些西門町老伯身上的髮蠟味道就莫名憤怒起來。但他只能悻悻然跟這些老伯併桌在麥當勞吃薯條。

方。老人應該待在他們的公園領地隊形整齊地打太極拳或外丹功，然後看小孩子在一旁追逐跑跳後跌倒哇哇大哭。傳說K歌之王的厲害就在於他幾乎每一首點唱排行榜上的國台語歌都會唱。但今晚有點不一樣。照我的觀察，他今晚點的歌曲全部集中在一九八〇年代，從羅大佑〈鹿港小鎮〉[19]到陳淑樺〈夢醒時分〉[20]，他唱來唱去全都是台灣八〇年代紅極一時的歌曲。照他現在差不多七十歲往前推算，當時他應該是處在四十到五十歲間的後中年期。以正常的狀況來看，那時他應該以一個父親的身分養大他的小孩，正處在台灣經濟發達「台灣錢淹腳目」的蓬勃期。搞不好在股市上萬點時大賺一票，或者簽大家樂中了頭彩獎金，他的娛樂節目應該是豬哥亮歌廳秀，最常聽到的廣播歌曲則是葉啟田〈愛拚才會贏〉。這樣的老人為什麼會每晚到這裡K歌K到成為K歌之王？他活到這把年紀還想用歌曲訴說什麼心情？可是看看那些歌詞——那些歌裡的故事都是年輕人的專利，那是年輕的失戀、年輕的悔悟、年輕的痛楚和年輕的吶喊。一個七十多歲的老人還唱著：**我很醜，可是我很溫柔，外表冷漠，內心狂熱，那就是我……**[21]我不知道怎麼形容親眼目睹的感受，怎麼說，那似乎有點他媽的悲慘。像是看著一個毫無天分的板凳球員，一次一次在球門前練習射門，卻沒發現自己永遠上不了場，更不會

有機會提腳射門。隨著我進進出出，我越來越感覺到他的歌聲的確是小兒痲痺等級，需要給他枴杖和鐵鞋助走，可卻莫名地撼動著我。K歌之王把我叫去唱他當晚的最後一首歌，姜育恆〈跟往事乾杯〉㉒。我完全不會，就讓他以非常不準的聲線帶領我唱著：**明日的酒杯，莫再要裝著今日的傷悲，請與我舉起杯，跟往事乾杯**。我似乎瞥見K歌之王的眼眶中漫著淚光，他沒有真的哭出來，也不是以哭腔唱這首歌，卻有種長期積累的滄桑感從麥克風那一頭傳輸到我的耳朵，**跟往事乾杯**。我不真的認識K歌之王，也沒聽他說過什麼自己的事，他只是一個來唱歌的孤單老人，擁有著刷白磨損的那種疲憊感。

---

⑲〈鹿港小鎮〉，詞曲／羅大佑，收錄於羅大佑1982年《之乎者也》專輯。

⑳〈夢醒時分〉，詞曲／李宗盛，收錄於陳淑樺1989年《跟你說聽你說》專輯。

㉑〈我很醜可是我很溫柔〉，詞／李格弟，曲／黃韻玲，收錄於趙傳1988年《我很醜可是我很溫柔》專輯。很多年後他才知道原來寫詞的人另有詩名叫夏宇。或者叫童大龍。他有次抄了夏宇的詩句給她，寫著「妳是霧我是酒館」。她看兩眼就揉掉了。

㉒〈跟往事乾杯〉，詞／陳桂珠，曲／長剛，收錄於姜育恆1988年《跟往事乾杯》專輯。K歌之王老覺得〈跟往事乾杯〉和〈再回首〉明明就是兩種截然相異的情緒，為什麼在姜育恆身上可以完美地並存?他猜，應該是再回首想通了，才能產生跟往事乾杯的釋懷。

那個晚上，那個包廂，就是他身上的特殊疲憊感使我每回進去總有瞬間小了二十歲的錯覺。K歌之王是不是藉著點唱八〇年代熱門金曲施展一種使時間暫時倒轉的魔法？巨大的聲量強行入侵整個腦子裡裝得下的全部思緒，而那些音符和歌詞又能重建曾經有過的場景和氣味，K歌之王可以跳來轉去，沐浴在二十多年前的回憶裡，隨之款款搖擺，抖動老舊耗損的嗓子。跟他合唱時，我偷偷打量了他身上的衣著裝扮，昏黃燈光下乍看潔白的西裝其實長滿密密麻麻的綻開線頭和毛球，領子袖子也都沾上厚厚的黃漬污垢，皮鞋雖然仔細擦拭過卻還是免不了條條痕痕爬在亮白鞋面上。我們每天都會跟很多老人擦身而過，有時甚至會自動憋氣避開衰老軀體無意間散發出的臟器燃燒殆盡餘味，不管那些老人看起來多麼乾淨整齊。我暗自在心底嘆氣，K歌之王畢竟抵抗不了時間的摧殘，這個包廂提供的只是一種逝去時光的餘燼，而那些他高唱的歌曲也只是偶現的火花。就本質來說，我和他根本可以算是同一種人，總是動不動因為某首歌的旋律掉進一個回憶漩渦或黑洞，慢慢享受那種被吞沒的滋味，一小部分一小部分的。我們都習慣把自己交給那些歌曲，請它們為我們說些話，表達某些情緒，而我們就可以很害羞安心地躲在那些歌後面。

那晚K歌之王結帳離開時，轉過身舉手扶正頂上的紳士帽，大步走出昏暗的包廂向著光明的走廊，我望著他略帶佝僂的背影，覺得他似乎稍微走出了那些歌曲並以極細微的音量說了什麼話。不過我沒聽清楚。應該是錯覺吧。

截至目前為止我沒再碰見K歌之王。關於他的傳言還是在KTV到處流傳。傳說他原來是另一家阿公店KTV的老少爺，每晚唱兩個小時就搭車回去阿公店換裝上工，做著跟我們這些服務生一樣的事。這就是為什麼他會唱很多歌曲，從老歌、民歌到流行歌幾乎都會唱的原因。也有傳言說他專泡西門町紅包場，下午包紅包給小歌女，晚上自己到KTV消磨。還有說他本來是家財萬貫的田僑仔，因為子孫不孝分光他的財產就讓他流落在外成了獨居老人但他還留了上千萬私房錢云云……

關於這種種的謠言沒有人可以肯定地拿出證據證實，也沒有人會認真去追問K歌之王的真正身分，只是將他當成一種休息室的閒談材料，同事之間建立小小圈子的必要扯淡。每個人都可以選擇相信他想相信的，就像曾基巴從來只信這個流言版本：**他就是個典型西門町老人，那些流線老伯伯還不是普通的帥氣，穿的西**

裝筆挺好像要去相親，粉亮的皮鞋，一級棒的髮型，老伯伯啊我真是佩服你㉓。曾基巴的根據完全來自MC HOTDOG的歌詞。

而我呢，我傾向相信他是另一家阿公店KTV的老少爺。每晚上工之前的兩個小時歡唱是他的工作儀式，就像曾基巴每次上班都要盛裝打扮，就像我每天出門想著今天是「上班前短暫憂鬱發作排行榜」的排名第幾。這種小小的堅持或偏執隨處可見，每個人都會有那麼一點。也許那些傳言都是真的，可那一點都不重要。我們現在相信許多虛假的事，而許多真實的事看起來則像是假的。例如我有次跟曾基巴這麼聊著：

「我偷偷跟你說，其實K歌之王真的是田僑仔。」

「你少唬爛。」

「真的。那次我不是負責到他？他說他有很多田。」

「我也有很多田。這我也會說。」

「是真的。他丟了一疊千元鈔出來要我幫他哈棒。我當然是拒絕了。」

「幹！真遇到瘋仔了。」

後來關於K歌之王的傳言又多了一個。據說他拿出好幾疊千元大鈔攤在包廂

桌上，要某個男服務生讓他哈棒。那個男服務生真的掏出了他的老二。至於他收下K歌之王多少錢就不得而知了（有人說五萬有人說十萬）。

欸，我還滿想認識這位幸運兒的。

㉓〈西門町老人〉，詞／MC HOTDOG，曲／Johnny Wu，收錄於MC HOTDOG 2001年《犬》EP。

二、這個世界㉔

我知道今晚有點不一樣。

不一樣的點在哪？我眼前有大概二十個穿著黑襯衫黑色西裝褲和黑色亮皮鞋的傢伙。他們全部沉默地像廟宇裡刻在牆壁的十八羅漢站在包廂的牆壁前，有些理光頭，有些理三分頭，有些是五分頭，當然我知道他們都長得不一樣，不過總覺得看上去所有人幾乎都是單眼皮，耳朵都扣著耳環。每個人手腕都戴著手鍊，頸子掛著銀鍊或金鍊。誰知道他們的背部或上臂是不是刻滿了花紋或圖樣。然後我的視線注意到坐在沙發上的中年男子，寬闊下巴留著鬍碴。我注意到那張嘴要跟我說話。

「沒事。幾個人就算幾個人。」我不知道背後不停爬升的陰冷感覺是不是來

自於周圍壓抑著兇狠目光的單眼皮。

「請、請問需要介紹本時段計費方式和優惠活動嗎？」

「不用。」我看著那張佈滿鬍碴的嘴唇裡露出長年塞著菸垢和檳榔渣的琺瑯質嚴重腐蝕的一排牙齒。

「祝您消費愉快！」我彎腰鞠躬退出包廂。退出包廂還是渾身灌滿某種些微溺水的違和感。那是怎麼回事？面對一夥黑道兄弟站在包廂四周，我誤以為自己走錯地方，這裡可不是什麼電影公司的攝影棚或香港黑幫電影場景。有那麼一瞬間我真的以為他們會掏槍出來把我壓在桌上問話。我可能被栽贓了什麼毒品還是黑槍；或者某個向我問路的女孩其實是他們監禁的大陸雛妓，我在不知情的狀況下幫助她逃亡，而我被誤以為是策動女孩逃出的主謀；或者我搞了大哥的女人……不，這點不可能，我剛退伍又是單身，最近也沒有在網路上成功搭訕什麼網友。要說我搞上什麼女人，那一定是誤會（這種事應該在曾基巴身上比較可能

㉔〈這個世界〉，詞曲／蔡藍欽，收錄於蔡藍欽1987年《這個世界》專輯。

發生）。但總之，幸好以上說的這些通通沒有發生。再進入包廂送餐點飲料時，只見那位大哥模樣的中年人溫溫款款唱著費玉清的〈一翦梅〉：「**一翦寒梅傲立雪中，只為伊人飄香……**㉕」鬍鬚大哥柔情耍弄著低沉嗓音，有如重低音的音箱共鳴效果完全和費玉清原唱曲調的高朗輕柔不同風味，那幾乎是從下到上團團捲住所有人的耳朵。當下我真誠覺得他是我在ＫＴＶ工作以來聽過最渾厚深情的歌聲。那感覺，怎麼說，好像其他男人的聲音全都成了高八度的未變聲男童音。我放慢擺置餐點飲料的動作，一邊聽他唱完這首費玉清的名曲。音樂剛結束，周圍響起擂鼓般的可怕掌聲，比起麥克風和音箱的刺耳共鳴聲更誇張激起耳內餘震難消的耳鳴。相當整齊的掌聲，相當精準地鼓掌大約十五秒鐘停住，包廂再度籠罩在沉靜裡。我再度退出，心裡仍然搞不懂這群黑道兄弟們的規矩。一般來唱歌不就是圖個解放的快感？這樣拘謹的場子似乎鼓掌或喊個安可都會冒犯到大哥，真是夠憋的。這個鬍鬚大哥也很怪，要唱歌帶一票穿黑襯衫的小嘍囉圍在自己身邊，然後每一首歌唱完自動鼓掌十五秒。沒有人跟他交談，沒有人發出適時掌聲以外的聲音，甚至沒有叫啤酒，也沒有任何一個女人。那些大哥的女人（們）都在哪裡？這種時刻應該都會有幾個嬌豔逼人的華麗女子伴隨著大哥飲酒作樂，好歹有

個人可以和大哥深情對唱吧？但他們真的都沒有。他們比較像是集體去參加某人的葬禮，不小心搞錯時間只好跑來附近的ＫＴＶ，在這裡消磨時間等待正確的公祭時間。他們只是一群安靜穿著黑襯衫制服的人，也許還依照輩分規定頭髮長度（黑道應該是世界上除了軍隊以外還存在髮禁的地方）。他們總共待了兩小時離開，最後我到包廂裡打掃整理，感覺一間可以容納二十人的包廂好像剛才兩小時內只有一個人使用過。連廁所都乾淨得不像話，大哥和嘍囉都沒有亂撒分叉的尿柱，馬桶邊緣沒有沾到任何尿滴，看起來也不像有人在這段時間拉過屎。廁所垃圾桶裡沒有衛生紙，洗手液也不需要補充。桌面的餐點似乎只有一雙筷子輕輕撩撥過，而鐵壺裡的奶茶只喝掉一半。垃圾桶裡沒有免洗筷紙套以外的垃圾，整間包廂沒有違反規定的菸味飄浮也沒其他怪裡怪氣的味道，幾乎不需要打掃就可以直接請下一批客人進來。

㉕〈一翦梅〉，詞／娃娃，曲／陳怡，收錄於費玉清1983年《長江水》專輯。他記得中學時候，總有個晚上費玉清和羅時豐在一起合唱〈小放牛〉，然後開始講笑話。當時他做筆記抄下好幾個，果然讓他提升自己在同學之間的歡迎度。後來節目停了，他的笑話就再也沒更新過。

「聽說你接到一幫黑道？」曾基巴下班時問我。

「後來想想可能不是。他們看起來比較像穿黑色制服的葬儀社員工。」

「搞不好就是。畢竟黑道常需要私下處理掉什麼人。他們可能真的有開葬儀社這類公司。」

「不過真的很怪。」

「怎麼怪？難道用手槍當麥克風？」

「沒有。」

「一邊唱歌一邊嗑藥？」

「沒。」

「那怎麼個怪？難道有兄弟掏老二出來要你吸？」

「這不好笑。沒有。什麼都沒有。」

「都沒有，那有什麼好怪。」

「就是什麼都沒有才怪。」

騎車回家的路上我想著，城市裡藏著那麼多人口，沒有人可以完全認識每一個人。白天人們從蟄居的住所出門，移動到城市一角，晚上再從城市一角移動回

到住所。移動的過程裡，再穿插幾個其他的場所，走來走去都離不開天花板。以前總認為天空是相連的，但越來越多的高樓遮蔽天空，越來越多的天花板籠罩頭頂，我們其實總要進入某個包廂，然後在包廂之間流動轉徙，在下一個與這一個之間，天空漸漸被遺忘，後來就沒有人在乎天空是不是相連的了。通常在回家路上我都呈放空狀態，慢慢釋放工作疲勞，同時醞釀躺回床上的睡意。今天一早似乎有點想太多，兩側太陽穴附近有些規律突起的疼痛。

再見到那個大哥是幾天後的事。這次大哥一個人，要了小包廂，逕自走到包廂。他簡單點了牛肉麵和紅茶。我注意他嘴唇周圍的鬍鬚更密佈，那使他看起來又多了幾分深沉。直到我送來餐點，他似乎都以同一個姿勢靠坐在沙發上，隨著電視畫面的音樂錄影帶自行播放。每每經過他的包廂，我都凝神側耳，除了電視上循環播放的音樂錄影帶聲音，裡頭沒有其他動靜。兩個小時之內，我沒有刻意進去觀察他，卻都沒聽見他拿起麥克風唱歌。直到他結帳走人，我來到包廂打掃，發現點歌機頁面上全都是空的。這位大哥一首歌都沒有點，也沒動過線頭整妥的麥克風，他只是進來這個小包廂吃了半碗牛肉麵喝了半杯紅茶。（牛肉甚至

沒有全部挑出來吃掉！）我完全不知道他為什麼要花那麼多錢來這裡吃半碗牛肉麵喝半杯紅茶，尤其這裡的餐點又貴又不怎樣。所有來ＫＴＶ消費的顧客都曉得ＫＴＶ提供的餐點只是不得不的選擇，它附帶在唱歌這件娛樂消費上，能提供的菜色極其有限，也不可能精緻可口。當我再度面對著乾淨整齊的包廂時，我居然有點憤怒。我寧願眼前是一堆年輕得不要命的高中生亂扔生日蛋糕抹出來的奶油殘局，也寧願是一群喝酒拉Ｋ的腦筋壞死男女把啤酒冰塊灑得到處都是，甚至地板臭著一攤攤嘔吐穢物，而桌上餐點亂得好像廚餘。廁所最好也那麼亂，可能裡面撿得到用過的保險套（馬上送去做ＤＮＡ分析還找得出是誰幹的），也可能是馬桶深處漂浮著混合酒精嘔吐物和糞便的腥臭，表面還結著一層五顏六色的薄膜。在我面對空無乾淨的包廂時，我突然好懷念那些醜陋又髒亂的包廂。那才是ＫＴＶ包廂被使用過的模樣，而不是現在我眼前這副尊容——太乾淨、太不近人情也太他媽不知所云了。沒錯，我想通了，我的憤怒來自於這個被使用過的包廂完全沒有一點被用過的樣子。我當然明白這對我的工作負擔來說簡直是個禮物，居然有人花錢進來當凱子但是又謙謙有禮的凱不太起來，我應該要感謝鬍鬚大哥才對。可是接到兩次這樣的包廂整理工作，怎麼說都會使我困惑得有點憤怒。

人類是善於編造故事的物種，長久以來的理性訓練使我們忍不住要為許多難以解釋的事物塗抹許多色彩和猜測。假設這位鬍鬚大哥的確是黑道老大，他的嘍囉們今晚忙著堂口裡的事，沒空到場鼓掌（所以他沒心情唱歌而牛肉麵也只吃了半碗？）；假設這位大哥根本不是什麼黑道大哥，他只是被討債的黑襯衫版十八羅漢威脅，而他的最後心願是開個人演唱會，所以十八羅漢挾持他到ＫＴＶ唱歌並給予有節制的掌聲……才編了兩則我就沒心思想下去了。有人天生適合編織這些有的沒的，我確定自己身上沒這種天賦。我想，那位大哥不過是想找個地方休息吧。有人喜歡去健身房休息，有人喜歡去漫畫店休息，有人喜歡去電影院休息，那就也有人喜歡到ＫＴＶ休息。我必須接受這個既定事實。

這天下班騎車回家途中，我繼續思考ＫＴＶ與城市的關係。ＫＴＶ當然不只存在於城市，有許多的卡拉ＯＫ小吃店遍佈在鄉市鎮的田間小路邊、省道邊，用層層疊疊的廉價鐵皮浪板建築而起，用可笑的少女ＰＯＰ字體配上隨便抓來的日本ＡＶ女優寫真圖形成招牌，而裡面的包廂滿含著長年不散的尼古丁和焦油燃燒味，所有老小姐的妝都快要撐不住沒有止盡的體力消耗。相較於野放在鄉間的卡拉ＯＫ小吃店，城裡的ＫＴＶ不同，它比較接近關於城市的一種隱喻方式。就像一棟摩天高

樓或一間公寓，建築物內部總是精密切割每一吋空間和氣氛，經過妥善規劃和區別，每一個房間或區塊都存在著強烈的目的性。它們被生產出來填滿一個又一個的慾望和需求……想到這裡我的太陽穴又疼痛起來。只要過度探究超出我理解範圍的事物，我的太陽穴總會歡快地給我疼痛提醒。我必須接受這個既定事實。

又來了。那位疑似黑道大哥的鬍鬚大哥。這回包廂多了一個女性，那位我幫過她的傳播妹。他們倆坐在包廂沙發的兩側，遙遙相對，真像一對嘔氣冷戰的父女。我送餐點到包廂來時，他們幾乎沒有開口說任何一句話，對我也完全視而不見。整間包廂幾乎凝固在尷尬寒冷的北極圈裡，送完餐點我就迅速離開。我就是不想介入這種冰冷氣氛的親子場合，才從家裡出來工作同時選擇大夜班以便錯開這種敏感場合。我的耳朵響起蕭亞軒〈最熟悉的陌生人〉㉖的旋律，歌詞自然跟著流洩而出：**為何後來我們，用沉默取代依賴，曾經朗朗星空，漸漸陰霾**……我猜要是我，包廂裡那種對峙的狀況應該可以在我「親子小冰河期排行榜」排進前五名吧。這種親子小冰河期大概是所有人成長過程裡都會遇上的。當然，除非你是孤兒或你的父母親腦子不正常。

再進去那間包廂，我發現那位大哥以郭金發〈燒肉粽〉般的超渾厚低沉嗓音唱著周杰倫〈雙截棍〉㉗：岩燒店的煙味瀰漫，隔壁是國術館，店裡面的媽媽桑茶道有三段，教拳腳武術的老闆練鐵沙掌耍楊家槍……真是不可思議。我從來沒想過周杰倫的歌可以用那麼老派的聲音唱法詮釋，居然還挺好聽的，幾乎是無排斥地鑽入我的耳朵。我瞄到鬍鬚大哥的嘴唇動個不停，嘴唇周圍的鬍鬚又濃密了點，可是他的面容卻是關燈般陰暗。一首歡愉搞笑的國語饒舌歌那麼唱下來，彷佛全身插滿鐵釘那樣陰森詭譎。傳播妹不置可否地在一旁隨意翻著點歌簿，由於她翻得太快顯得有點不耐的模樣反而掩蓋不住她根本沒在注意大哥唱著什麼歌。後來我發現大哥很奇怪，整個晚上點的全是周杰倫的歌曲，簡直要把他所有專輯歌曲一一點唱。那是奇異的聆聽體驗，等我進進出出聽著鬍鬚大哥唱的低音版周

㉖〈最熟悉的陌生人〉，詞／姚謙，曲／柯肇雷，收錄於蕭亞軒1999年《蕭亞軒》專輯。曾基巴只要談到蕭亞軒一定會說：「喔，Elva，A級黑豬肉。」

㉗〈雙截棍〉，詞／方文山，曲／周杰倫，收錄於周杰倫2001年《范特西》專輯。曾基巴總說周杰倫真是屌到不行。問他周杰倫哪裡屌，他說：「你不覺得一個人可以整天把『我就是陰莖！』掛在嘴上很了不起嗎？」聽起來還真有道理。

杰倫全集，我的耳朵慢慢被他的歌聲說服，或催眠，其實這些歌本來就是專門寫給渾厚男低音唱的。（會不會周杰倫其實很適合唱〈燒肉粽〉？）鬍鬚大哥和傳播妹幾乎冷冷對坐兩小時，傳播妹一反常態沒有和大哥合唱任何男女對唱歌曲。她就是坐著，翻翻歌本，露出一副百無聊賴的表情，偶爾喝幾口水。後來我告訴曾基巴這個包廂的事。

「他們一定有姦情。」

「我看他們整晚都沒互動，怎麼姦情？」

「你不懂啦。你那麼久沒用小雞雞，不知道小雞雞有時候需要調情。」

「我是不懂。他們就遠遠對坐，怎麼調？」

「眼神。像我跟梁朝偉同類的那種眼神，一深情看就會讓女人崩潰。」曾基巴很認真地用右手食指和中指指著自己的雙眼。

幹。真是遇到自戀滿點的單向度瘋子。曾基巴的嘴巴就像故障的自動販賣機，投幣進去，口業就滾滾而來，而你還找不到維修專線電話。他繼續編造他的版本的黑道大哥與傳播妹愛情故事，說什麼忘年之愛啦，唱完KTV後就帶出場之類的等等等。欸，真是無與倫比的貧乏想像力啊。發覺有人比自己還要欠缺編故

事的才能滿令人開心的。不知從什麼時候開始，我們的想像力越來越趨於匱乏。當我看到一夥黑襯衫貌似嘍囉的傢伙，不免下意識自動套入某些俗濫的電視劇情節，但他們或許真的是葬儀社社員呢？那個鬍鬚大哥，每次見他都覺得他的鬍子更茂密了點，看過他被一夥黑襯衫嘍囉包圍，實在很難拋開他就是黑道老大的刻板印象。但也許他真的只是葬儀社經理？鬍鬚大哥與傳播妹的故事也是。曾基巴那樣設想他們的情節儘管俗濫狗血，那又好像是大家都能接受的合理邏輯，只要能有個解釋描述這兩個看起來不搭軋的人為什麼會關在同一間包廂裡，人們就不會再去追問理由。於是我們就像蔡藍欽〈這個世界〉說的：**這個世界，有一點希望，有一點失望，我時常這麼想**㉘。這首歌被我列為「一言以蔽之排行榜」前三名不是沒道理的。我打算在太陽穴痛起來之前結束這段思索。我完全接受這個既定事實。

㉘〈這個世界〉，詞曲／蔡藍欽，收錄於蔡藍欽1987年《這個世界》專輯。他時常在想，如果蔡藍欽多活了二十年看到後來台灣的轉變，他還會覺得這個世界只有一點失望嗎？早死的好處就是容易成為傳奇，總有人會猜他如果活著會如何如何。

後來曾基巴說他也接到一幫疑似黑道兄弟的包廂。他說那個狀況完全跟我描述的一模一樣，而且他遇到那票穿黑襯衫的鼓掌部隊。

「真是太詭異了，面無表情鼓掌十五秒，超冷漠的熱烈掌聲。那幫人真不曉得是幹嘛的！」

「他們真的是葬儀社。那個鬍鬚大哥是經理。」

「你怎知道？」

「傳播妹告訴我的。就上次那個。」我撒了個無傷大雅的小謊。

「真的假的。」

於是曾基巴開始製作另一段故事：那個傳播妹其實是鬍鬚大哥的女兒，但因為家裡沒有溫暖，跑出來自力更生當傳播妹賺錢。鬍鬚大哥知道後又不想逼女兒回家，只好常常來ＫＴＶ看女兒，以客人的身分變相給女兒零用錢。女兒又不想承認那是自己老爸，只好勉強和鬍鬚大哥關在包廂裡以免被戳破真相。我告訴曾基巴這個故事合理多了。但誰知道事實真相是什麼？沒有人在乎鬍鬚大哥、黑襯衫鼓掌部隊和傳播妹之間的真正關係，即使是愛編爛故事的曾基巴都不在乎。我應該謹守身為一個ＫＴＶ服務生的分際，不對顧客做過多的揣測臆想，不然有天我會

瘋掉。KTV是個奇妙的娛樂場所，它很可能是城市裡故事密度最高的地方，每晚打開一間包廂，它都會是不同的世界，誇張的哀傷、膨脹的寂寞、赤裸的痛楚、蒼白的歡樂，某些形容不來的情緒，說不出口的話語，全都可以透過簡單的點唱系統，以麥克風書寫那些歌曲故事裡的故事。只要關上包廂的門，連我們都不會沒事現身打擾，那短短的幾個小時裡，可以真實坦露心聲和自我，沒有人能進入這個密閉空間傷害你。我似乎有點懂了鬍鬚大哥為什麼跑來KTV吃半碗牛肉麵卻不唱歌。

得在太陽穴開始痛起來停止思考。張清芳那首〈無人熟識〉㉙好像是這麼唱的：**找一個無人熟識，青份的所在，燒酒一杯兩杯三杯，當作是笑虧⋯⋯**很多歌都需要老到有點過去時，你才瞭解在唱些什麼。這首就是其中之一。我真的老了，而我必須接受這個事實。

㉙〈無人熟識〉，詞曲／曹俊鴻，收錄於張清芳1996年《無人熟識》專輯。鬍鬚大哥幾乎不在外面上廁所。儘管他的顏面看起來不怎麼衛生，他總是把屎留到回家再拉。他尤其無法接受坐式馬桶。而他每次在家安心蹲著拉屎時，他總會想到「**找一個無人熟識，青糞的所在**」就笑了。

三、瘋狂世界㉚

我們副理是個年紀接近大嬸，或說阿姨之類的那種中年婦女。這類中年婦女四處可見，她們出沒在菜市場、百貨公司週年慶的特價花車邊，過了中年總是發胖，熱中於制止某些在她們身上逐漸顯現的疲憊皺紋，注重養生保健和體重數字，有時去上上瑜伽課，偶爾學點不知何時派上用場的英日語並時常半途而廢。嗯，講得好像越來越接近我老媽了，不過我的意思就是，我們副理她，就是那種隨處一抓一大把的那種中年婦女。而職場中的中年婦女又粗略分成兩類：（１）負責辦公室團購或慈善捐款發起人的熱心大嬸，辦公室有百分之九十五的訊息透過這群成員散播，包括各種流言。（２）戴著不苟言笑面具，眼光嚴厲，要求標準比修憲還難以變更的那種主管阿姨（總會讓人想起某些似乎終生未婚或中年失婚的

嚴厲阿姨）。所以你現在知道我們的副理是怎樣的職場女性了。

副理常會以老到掉渣的口吻說：「客之所欲，常在我心。」我和曾基巴私下總說這應該改成「客之所欲，幹在我心」比較符合實際狀況。我們其實很少遇到她，所以上述所說的全是我個人的臆測，沒有任何根據，但她就是給人那種感覺。她固定時間會出來看看廚房、巡巡廁所，隨機挑幾間包廂抽查服務生有沒有服務不周或顧客對服務有什麼不滿等等。其他時候，我們都不知道她在幹嘛。我們只知道她的上班時間和我們一樣都是晚上十點到早上六點，知道她騎一台銀色小一百上下班。此外我們對她一無所知。不過據說有人看過她和K歌之王有說有笑似乎是熟識的朋友；也有人看到她和鬍鬚大哥一起在包廂裡沉默不語，看見其他服務生進來就馬上堆笑離開……總之就是某些不知哪來的傳言到處飄散在KTV的各個包廂。我們總會選擇一、兩個自認為比較合理的去相信，但也不是全信，可能相信這些傳言都有部分合理又有部分不合理，然後混合其他傳言，變成某些變種傳言；每個人都擁有自己的版本。感覺滿像流感病毒年年更新混種，動不動就

㉚〈瘋狂世界〉，詞曲／阿信，收錄於五月天樂團1999年《瘋狂世界》專輯。

要跑來ＫＴＶ威脅我們的生命安全和工作環境。像現在流感又發威了，我們副理相當英明地規定所有工作人員在工作期間都必須佩戴口罩，並且跟顧客主動說明每間包廂在使用過後都以消毒水清理麥克風、地板和桌面請安心使用。戴口罩的日子總會讓人想起ＳＡＲＳ，那段時期好像整座城市都被口罩綁架了，街上密密麻麻全是口罩人，也是那段時間我覺得所有戴著口罩的女孩子都很有遐想空間。嚴格說起來，嘴巴比起胸部更應該遮掩才對。嘴巴兼具視覺、觸覺和味覺功能，比起胸部能做的事情實在多太多。因此那段時間口罩就像胸罩那樣吸引我，我總幻想那些花花綠綠金光四射的口罩底下藏著什麼濕熱的旖旎春光，那可比胸部的尖端地帶色情得多。

「媽的一直跑來跑去還要戴口罩……」這是曾基巴的抱怨聲。我跟他說了口罩理論。曾基巴說：「人家不是說昆蟲分兩種，一種是完全變態，一種是不完全變態？我看你是病態。你真的有病。」這句話說明了曾基巴和我的審美觀差異頗大。

回到我們副理身上。經過我整理流傳在ＫＴＶ所有流言版本後，約略可以歸納出她的身世輪廓：她中年失婚（果然！），有個不知國小還國中年紀的女兒跟著

前夫，在ＫＴＶ從服務生當到現在的副理，一共花了七、八年時間；她大概四十好幾（又有人說她其實不到四十歲，是經年累月熬夜讓她老得快）；有人說她跟經理有一腿，不然怎麼有辦法從小小服務生一路升到副理（當然有人說是其他股東或總經理之類的高層，不過沒人知道其他股東和總經理長什麼樣）。

但是呢，以上純屬虛構，真相版如下：

她今年剛滿四十，有結過婚但沒生孩子，她從一開始就是應徵ＫＴＶ儲備幹部，訓練期間的確有當過一陣子服務生。四年前升上副理，但也沒野心要繼續往上爬。就在這個位子待著，沒別的原因。她最喜歡的歌手是羅大佑和江蕙，平常都抽涼菸。

哈，你一定想問我怎麼知道事實真相？原因很簡單，她是我網友。

這真的比扯鈴還扯。我至今甚至沒告訴過曾基巴我們原來認識。

怎麼認識的？還不就是神通廣大鋪滿全球經緯線的網際網路。你可以想像網路世界怎麼莫名其妙認識人的那些方法，因此這裡省略認識過程。從開始的彼此留言，後來的ＭＳＮ，我們慢慢交換並釐清許多在ＫＴＶ裡的可笑謠言（例如她真的認識Ｋ歌之王，因為他是幾年來最忠實堅定的老顧客；但她不真的認識鬍鬚大

哥，也不知道他是不是真的黑道）。不過交談內容也僅止於此，我們沒人試圖要拓展工作場所以外的話題，淺嘗輒止是我們的閒聊共識，不要過多表述自己的生活面貌或過去的種種傷痕。我們在ＫＴＶ工作時從不特別交談，依然是一個管理階層小主管與基層服務生之間的關係。我們雖然有所交集，卻不干涉彼此的生活，徹頭徹尾的純網友與同事關係。除了某天晚上，我們稍稍逾越了簡單的網友關係。

那天我們都放假，她知道，我也知道。她說要去見另一個網友。當晚她ＭＳＮ說她人在咖啡館，問我要不要過去喝杯咖啡。反正我也沒其他重要的事。抵達咖啡館時，我幾乎認不出她，原來她經過一點打扮還可以嘛，看上去就頂多三十出頭，尤其她的短髮俐落。見面當然要閒扯幾句寒暄廢話熱機，我們從沒真的面對面交談過，更別說一起喝咖啡。等到我們的ＭＳＮ聊天模式開啟後，終於順暢一點：

「你知道我去見誰吧？」

「不就是個網友。他對妳幹嘛了？」

「為什麼你們男人都那麼賤？」

「他一見面就問妳要不要去厚德路打砲嗎？」我們都很清楚我們不是童男處

女了，講話都比較直接。

「喔。謝謝你喔。如果只是這樣那還好，我又不是天真爛漫的小女孩。」

「也是。……難道妳其實是跟前夫見面？」

「那是之後的事。」

「我的媽，大姊，妳覺得自己生活得太開心了嗎？」

「首先，我要先澄清我本來沒打算去找我前夫的。那是計畫之外。都是那個畜生害我的。」

「OK，怎麼害到妳回去找前夫？」

「我和那傢伙見面，我知道他想打砲。我沒拒絕他。他畢竟也為我照顧農場菜園……而且跟他視訊時還會彈吉他唱羅大佑的歌給我聽……」

「嗯哼，**愛情這東西我明白但永遠是什麼，姑娘妳別哭泣我倆還在一起……**㉛」

㉛〈戀曲1980〉，詞曲／羅大佑，收錄於羅大佑1982年《之乎者也》專輯。副理跟那個會替她上Facebook開心農場當佃農又彈吉他唱羅大佑的歌給她聽的男子視訊聊天時，總指定男子唱〈鹿港小鎮〉和〈戀曲1980〉，她不喜歡〈戀曲1990〉更覺得〈戀曲2000〉根本是個災難。男子彈吉他唱歌時總想著哪天能看到她尿尿的樣子，唱起歌來就更興奮歡快了。

「夠了。反正我們後來去開房間。他說他不想打砲，只想看我脫光光尿尿給他看。」

「變態。」

「我真的很受傷。他居然不想打砲，只想看我尿尿！」

這的確挺傷人的。尤其是對一個中年失婚婦女而言。那好像會否定掉她身為女人的一切性徵，這對中年女子特別受傷。所以她回去找前夫，那個愛過她跟她結婚的男人，試圖填滿被刺傷的空虛感受，沒想到撞見前夫和新女友在一起沒空撫慰他，如此如此，這般這般，然後她受傷又沮喪地飄到咖啡館，一上ＭＳＮ見到我就把我抓出來訴苦。這就是我為什麼在這裡的原因。要我說，我覺得很無言，這好像一齣俗濫的鬧劇。但它又那麼真實，真實到我真的坐在副理的對面，聽她抱怨這個世界和所有男人。我必須接受這個事實。而我赫然想到我的副理可能真的沒有朋友可以找，我才會坐在這裡。一想到這裡我就渾身震動，好像不想恢復記憶的失憶者一下子突然恢復所有記憶那樣殘忍。我們似乎正在逾越那道單純網友的界線。任賢齊此時在我耳邊唱著：**你總是心太軟，心太軟，把所有問題都自己扛，相愛總是簡單，相處太難，不是你的就別再勉強……**㉜這首歌結束後任

賢齊接著唱：我瞭妳現在很受傷，很受傷，很受傷，別把自己搞得那麼淒涼，妳瞧妳現在是什麼模樣……㉝這些流行歌總是這樣，在你很需要什麼幫助描述各種情緒時，歌曲旋律和悲慘歌詞就會自動在腦中播放，這根本就跟所有人都很想要的《變形金剛》大黃蜂一樣嘛。也許每個人心中都有一隻大黃蜂。而且流行歌有個好處，你完全可以把自己當成歌詞裡的主角，貼上自己的挫敗情節，歌曲結束後，你又可以在下一首歌當另一個主角，唱另一段情節，如此如此，這般這般，傾倒幾拖拉庫的悲傷。

「副理，我們去唱歌吧。」我想待在咖啡館聽她循環式廢話抱怨這個世界和佔了其中一半的性別實在浪費。

「啊？」她的迷惑好像在說我是不是說了什麼冒犯她的話而她沒聽清楚。

㉜〈心太軟〉，詞曲／小蟲，收錄於任賢齊1996年《心太軟》專輯。什麼時候任賢齊開始被稱為「亞洲天王」？這個稱號感覺比「天王殺手」周華健還威猛。總之他對任賢齊被稱為「亞洲天王」或「亞洲鐵人」都沒意見，他只覺得任賢齊演令狐沖比起演楊過時好多了。雖然這是因為他沒看過任賢齊扮楚留香的樣子。

㉝〈很受傷〉，詞曲／小蟲，收錄於任賢齊1997年《很受傷》專輯。

我們去了另一家ＫＴＶ免得尷尬。想想自從在ＫＴＶ工作以來，這是我第一次以顧客身分進到ＫＴＶ消費。副理說這也是她在ＫＴＶ工作後第一次到ＫＴＶ唱歌。我看著負責我們包廂的服務生，真有種怪異的感覺，我每個晚上就是在另一家ＫＴＶ的包廂裡進進出出，端著餐點飲料，收著垃圾拖把，用笑容服務每個客人。我們沒制止服務生解釋本時段的計費方式和優惠活動，但他一出去，我們同時爆出笑聲。原來從顧客的角度來看，服務生戴著口罩正經八百地說明這些資訊是那麼可笑。副理點了五月天的〈瘋狂世界〉㉞當開嗓歌。要我說五月天，這真是一個驚人的芭樂樂團，他們整整紅了十年，現在依舊是最受歡迎的台灣搖滾樂團，每次開演唱會都爆滿，但除了阿信的歌藝略有進步之外卻看不出他們的創作出現過什麼轉折變化。我還是最喜歡他們第一張專輯，但不知道原因是我老了還是他們真的跟周杰倫一樣習慣自我重複。（樂團版周杰倫？）總之他們的歌一向是滿好的開場歌選擇。之後副理點了羅大佑〈鹿港小鎮〉。她一下唱著一下泫然欲泣地停下解釋說她就是彰化鹿港人，對這首歌超有感慨：「**台北不是我的家，我的家鄉沒有霓虹燈，鹿港的清晨，鹿港的黃昏，徘徊在文明裡的人們……**㉟」我忍不住下一首點了林強的〈向前走〉㊱來回敬她：「**頭前是現在的台北車頭，我的**

理想和希望攏在這，一棟一棟的高樓大廈，不知有多少像我這款的憨子，卡早聽人唱台北不是我的家，但是我一點攏無感覺……」

副理叫了一桶啤酒，也沒勸我跟著喝的意思，只見她一杯一杯灌下肚，然後脫掉高跟鞋（她當晚穿著無袖連身裙，裙襬長度大約到膝蓋附近），跳上沙發點唱各種快歌和嘶吼歌，想當然一定有張惠妹〈三天三夜〉㊲和〈站在高崗上〉㊳，但我沒想到她居然也點了趙之璧〈快樂是自找的〉㊴和〈在你和天空之間〉㊵。

㉞〈瘋狂世界〉，詞曲／阿信，收錄於五月天樂團1999年《瘋狂世界》專輯。

㉟〈鹿港小鎮〉，詞曲／羅大佑，收錄於羅大佑1982年《之乎者也》專輯。

㊱〈向前走〉，詞曲／林強，收錄於林強1990年《向前走》專輯。當他回頭注意到這張專輯裡的歌還有一首〈黑輪伯仔〉，那些小時四處推著攤車的黑輪伯仔都不知哪裡去了。

㊲〈三天三夜〉，詞曲／阿怪，收錄於張惠妹1999年《我可以抱你嗎愛人》專輯。鬍鬚大哥每次唱K都會點這首來唱，而這種高亢嗨歌唱完後，鼓掌部隊再回以十五秒超冷漠掌聲，整間包廂就像颳過冷風一樣充滿寒意。

㊳〈站在高崗上〉，詞／姚敏，曲／司徒明，收錄於張惠妹1997年《妹力四射》專輯。這當然是鬍鬚大哥必點曲目，整個狀況請參考他唱〈三天三夜〉。

㊴〈快樂是自找的〉，詞／Yasushi Akimoto並由管啟源改編，曲／Kohmi Hirose，收錄於趙之璧2001年《在你和天空之間》專輯。副理感覺，年紀越大越覺得快樂是自找的沒錯，但年紀大的重點就是很容易歪斜滑向憂傷那端，快樂則像是永遠走失的青春一樣。

㊵〈在你和天空之間〉，詞／Ryo Mama並由李焯雄改編，曲／Hiroyuki Hamamoto，收錄於趙之璧2001年《在你和天空之間》專輯。

「在你和天空之間，只看見你，在夢和希望之間，擁抱你，在愛和體諒之間，靠近一點……」她真的瘋了。我必須坦白說，副理的歌聲實在不怎樣，那些高亢的嗨歌她完全唱不上去，她只有等著破音的分。但我也必須承認她的破音還真是蘊含著豐富感情，當然有很多怨恨和不滿，有幾個撕裂音她喊得還真是痛徹心扉到讓我感同身受。我知道她累了，改點慢歌，這時候她最愛的江蕙阿姨要出來幫她代言了：「你愛的敢是東門町西門町彼款現代女性，感情的變化看攏未清，舊年的咒詛敢通相信，是不是愛我三分鐘五分鐘過後就冷冰冰……㊶」這時免不了要和她對唱〈傷心酒店〉㊷：「冷淡的光線，哀怨的歌聲，飲酒的人無心晟，世間的繁華，親像夢一攤，也是無卡詛；黯淡酒店裡，悲傷誰人知，痛苦吞腹裡……」我不知有沒八百年沒和人對唱過這首歌，希望下一首不會來個〈雪中紅〉或〈雙人枕頭〉，不然我一定會因為過於懷舊而痛哭流涕到全身潰爛。這個晚上，這間包廂有一個感情受傷的中年女性，我不知怎麼安慰她，只好帶到KTV把五月天、羅大佑、林強、張惠妹、趙之壁和江蕙都找來陪伴她並試著要他們撫慰她。實際的安慰效果如何我並不清楚，但此時我完全相信應該有很多這類遍體鱗傷的人們都會選擇到KTV尋找可能的慰藉，帶著他們的傷痕到這裡療傷。最後我點播亂彈樂

團〈不一樣的朋友〉㊸給副理，儘管她已經醉得不省人事。我沒有跟著唱，就在主唱阿翔略帶蒼涼且包含某種體悟的歌聲裡，我帶著副理買單離開。

外頭的城市夜空和我們進KTV時沒有兩樣，門口照常有很多男男女女準備進來或出去，有些人等著另一些人，另一些人又等著某些人。我拉著副理佇立在門口好一會兒，凝視著眼前的人們卻覺得越來越模糊。這是個多麼美好的夜晚，那麼多人到KTV燃燒青春、燃燒體力、燃燒歌聲、燃燒快樂、燃燒孤獨、燃燒寂寞。但就像陳昇唱的，把悲傷留給自己，而那也只能留給自己。當我還在腦中搜尋能貼切描述此刻喧鬧城市裡的孤寂心境歌曲前五名時，我看見一輛計程車在我們眼前打開車門。

㊶〈愛我三分鐘〉，詞／林秋離，曲／熊美玲，收錄於江蕙1997年《藝界人生》專輯。副理內心總覺得這首歌改成「X我三分鐘」可能精確一點。尤其那個軟趴趴的前夫，撐個三、五分鐘真的算不錯了。只是沒想到，現在連那三、五分鐘的快感都沒了。

㊷〈傷心酒店〉，詞／羅文聰，曲／吉幾三，收錄於江蕙1997年《藝界人生》專輯。傳播妹唱過那麼多對唱曲，她覺得國語版的〈傷心酒店〉就是〈廣島之戀〉。許多人容易把「廣島之戀」和美國丟原子彈在廣島扯上關係，但傳播妹不會。因為她讀過法國女作家莒哈絲的《廣島之戀》。

㊸〈不一樣的朋友〉，詞曲／陳泰翔，收錄於亂彈1999年《我要的不是你》專輯。

我和副理再度回到一個理所當然的同事關係。我們也不曾在網路上討論過那天晚上發生的事。我想這是因為我們都清楚知道當晚發生了什麼，所以沒必要多加討論，那並不會改變我們現在的網友關係和同事關係。一切照舊，一切都像過去沒有變化，除了那個晚上的例外。我說過副理和我是普通的網友關係，保持著不超越不深入彼此生活的界線在網路裡交談，儘管我多知道了些她的私事，她對我還是同樣的神祕，她之於我還是那個四十歲、習慣抽涼菸的單身職場女性。我依然覺得自己不怎麼瞭解她也肯定不是她的好朋友，我只是一個拿來墊檔用的打屁網友。

經過那晚，再回到KTV工作，每回要戴著口罩為客人說明計費方式和優惠活動時，我都覺得自己蠢得可恥。我問曾基巴會不會在戴著口罩說明計費方式時覺得自己很蠢，他思考半秒鐘後這麼說：「你覺得戴套子做比較爽嗎？——簡直蠢到爆炸。」還好。我只是想確認自己的感覺神經突觸還算正常。同理可證，我對副理並沒有太多不當想像，就像我在想像那些口罩遮蔽的性感嘴巴那樣。我神智清醒地思考這些並在太陽穴疼起來前停止，就像當晚一模一樣的清醒。

「對了，放假那天晚上你怎麼沒接電話？本來要找你吃消夜。」曾基巴突然想起什麼似的說。

「我和一個朋友去看電影，手機調成無聲。」曾基巴要是知道那晚我其實是跟副理泡在一起不知作何感想。

我對副理幹了什麼？我只知道後來她在ＭＳＮ封鎖了我。

四、無與倫比的美麗㊹

我真的認識曾基巴嗎？當然，我們是那種會一起去吃消夜的同事，放假偶爾也會打電話問對方在幹嘛。但當我看到他出現在電視的歌唱選秀節目時，我真的覺得自己不認識他。至少不是我認識的那一部分的曾基巴。

可怕的是，他只在節目裡出現幾秒鐘。畫面幾乎是一閃而過，必須撐著不眨眼才能看清他的照片從彩色轉成黑白，夾在一群面目模糊的參賽者照片裡，成為某批淘汰者的某一張小照片。進廣告之後，我還遲疑著要不要撥電話給他（該說什麼？恭喜你慘遭淘汰？早在節目播出前他就知道結果了）。想想還是打消念頭，這畢竟是不太禮貌的事。尤其他只出現不到十秒鐘。

當晚上班，我們上班，一切都和昨晚差不多，當然前幾個晚上似乎也都是

這樣。也就是說，我們的情緒都處在不好也不壞的中間地帶，還沒到抱怨顧客的時候。我瞄了曾基巴幾眼，還在想要不要跟他提看到他出現在歌唱選秀節目裡的事。

「那個……」我遲疑地開口。

「嗯？」

「那個，猜今晚會不會大出？」算了。

「嗯，中出的機會高一點。」典型的曾基巴。看來慘遭淘汰那點小事他是不放在眼裡的。

午夜時分，顧客陸續湧進ＫＴＶ，我和曾基巴忙碌起來。偶然經過一間包廂，他正在解說計費方式和優惠活動，似乎被眼尖顧客認出他上了那個選秀節目（真

㊹〈無與倫比的美麗〉，詞曲／吳青峰，收錄於蘇打綠樂團2007年《無與倫比的美麗》專輯。這是傳播妹的私房愛曲，她總在看到比較帥又憨厚的男客時點唱這首歌，希望自己儘管因為工作來到包廂，還是有人可以發現她無與倫比的美麗。一種很形而上且無關肉體慾求的美。

是太可怕了，曾基巴戴著口罩都認得出來）。這應該是他太帥了的關係，即使一口否認，人們還是會在背後指指點點。長得太好看就是會有困擾，像我這種沒特色的路人臉就算被淘汰一百次也沒人認得出來。似乎是這幾年吧，這類歌唱選秀節目興起後，連帶使得每次節目播完當晚或隔天就馬上出現一大票人馬趕著到ＫＴＶ，興匆匆點播節目裡被翻唱的歌曲。ＫＴＶ當然沒放過這個機會，紛紛製作這些節目當紅參賽者的歌單，方便廣大的民眾查閱點播。最直接的結果就是，我可以一個晚上聽到五十三次〈背叛〉，五十六次〈你是我的眼〉。後遺症是我的腦子整天佈滿這些熱門歌曲的旋律和歌詞，它們跟著我上下班，每晚到ＫＴＶ之後再重新複習加深印象。當所有人都知道這首歌，當這些歌廣泛出現在所有電話號碼的來電歌曲，西門町商店街的音響全部毫無抵抗地被征服時，我已經在痛恨這些歌了（尤其痛苦的是，早上下班到早餐店喝豆漿都還能聽到那些熱門歌曲）。在ＫＴＶ工作就是這樣，對排行榜的變動總會比較敏感。有些歌本來沒什麼人點，後來可能因為什麼事件加持就搖身變成大熱門，像范逸臣那兩首歌就是因為電影熱賣㊺，點的人也跟著暴增。有些歌則是跟老妖怪一樣常駐排行榜前十大，幾乎是ＫＴＶ入門歌，唱Ｋ必點曲目。有時我看這些每週統計的點播排行榜，總會疑

惑是誰那麼有創意把我們帶入了全民搞排行的世界裡。所有的事物都可以排行，時尚雜誌每年要選出百大美女和百大帥哥，電影雜誌就選出百大佳片或百大導演（可代換成男演員或女演員），財經雜誌則選百大富豪或百大企業，新聞雜誌選它的年度十大頭條新聞，警察機關宣傳它的十大通緝要犯，音樂雜誌選它的百大專輯和百大歌手樂團，書店貼它的百大暢銷書，學校弄它的總體排名，補習班搞它的聯考榜單……在中華民國教育體制下長大的男男女女無不痛恨無所不在的排行榜，卻連進了ＫＴＶ包廂還是在查詢排行榜。這是典型的由恨生愛，恨得越深才發現還真他媽不能沒有它。但排行榜有什麼不好呢？我個人從國中開始就非常樂意使用各式各樣的排行指標，尤其是最強調客觀性和中立的那些排行榜。使用這些排行榜可以減少使用腦袋思考的危險性，減輕大腦高速運轉的負擔，還可以不動聲色地享受把自己情緒完全隱藏起來的樂趣——喔，那是很多人一起選又一起

㊺〈無樂不作〉，詞／嚴云農，曲／范逸臣；〈國境之南〉，詞／嚴云農，曲／曾志豪，均收錄於2008年《海角七號電影原聲帶》。他看《海角七號》時是抱著國片檔期通常只有一週的心態到電影院。他沒想到唱〈轉吧！七彩霓虹燈〉的小應也在裡面演出。雖然他先前看小應在另一部國片《愛情靈藥》演出時就覺得他很適合演帶點偏執的喜劇角色。《海角七號》後來大賣，他始終覺得自己很識貨。

決定的，不是我個人的問題。我們不需要任何選擇，一旦出現一個以上的選項，接著就會帶來更多選擇，最後所有的選擇就會把人炸裂崩潰。想想便利商店。每回在便利商店面對一大櫃五顏六色的飲料，我總是無比躊躇猶疑，多希望誰來告訴我喝什麼，不要讓我耗上十分鐘卻選不出一罐飲料。這就是了，思考和選擇帶來的每日小徬徨。所以我越來越相信排行榜對人類的確是有益身心健康的。這是足以跟泡麵這項二十世紀最偉大的發明並列的好物。

看看信樂團和戴愛玲還在國語排行榜第六名高亢對唱〈千年之戀〉㊻，阿信老早單飛落跑棄其他團員而去，信樂團都不信樂團了；幾乎所有人都是帶著楊宗緯版或蕭敬騰版的聆聽記憶到ＫＴＶ點播第九名曹格的〈背叛〉㊼，才知道他是正牌原唱者，然後點完又批評他的原唱版本比較不感人；〈你是我的眼〉㊽整張專輯本來被當作盲人公益活動在推銷，沒想到被翻唱意外大紅，至今依然高居排行榜第四名……諸如此類的故事都在排行榜裡隨便一抓一大把。這就是排行榜，它的不公不義和沒有邏輯，就是使我們拚命熱愛它的最大理由。就像情人要有神祕感才誘人，排行祕密讓我們陷入執迷的就是持續製造我們不斷困惑和想不通，而排行榜同時又那麼科學那麼正氣凜然兼公正不阿，最後我們愛得無法自拔。

曾基巴呢？他就是那種進不了排行榜的榜外人士，別稱落榜人士。進不了選秀節目的榜單也沒什麼，他還有很多榜單可以入選，例如落榜歌王這個頭銜（他無庸置疑可以單靠帥度這件事擊敗所有男性參賽者）。當然他也可能是本ＫＴＶ服務生說話雞巴度排行榜年度總冠軍，這都不是那麼重要，反正總會有某個排行榜給出安慰獎。這麼一想我就釋懷了，管他參加什麼選秀節目被淘汰，他依舊是稱霸其他榜單的曾基巴。就像我小時候喜愛的某些歌曲進不了金曲龍虎榜，我就自己弄一個排行榜另外錄一卷自選集卡帶；同理可證，曾基巴就是他自己排行榜的Ｋ歌之王。

對於他自己偷偷跑去參賽的事，我想人總有那麼一面不希望所有人都發現。

㊻〈千年之戀〉，詞／方文山，曲／Keith Stuart，收錄於信樂團2004年《海闊天空》專輯。他見過阿信以信樂團出道前在台中某家pub駐唱。還記得那晚阿信唱了庾澄慶〈愛到底〉，嘹喨高海拔的聲音讓他印象深刻。不過令他更記憶深刻的是阿信騎著小五十帶馬子離開pub的模樣，那麼長的雙腿完全無法正常擺在機車踏墊，而只能成一對朝外的「く」形。

㊼〈背叛〉，詞／阿丹、鄔裕康，曲／曹格，收錄於曹格2006年《Superman》專輯。

㊽〈你是我的眼〉，詞曲／蕭煌奇，收錄於蕭煌奇2002年《你是我的眼》專輯。

只是他的低調反而造成了某種莫名的荒謬感，我寧願他初選就被刷掉（至少沒上電視被我撞見或被眼尖顧客認出），要不也至少撐到有粉絲在網路成立他的家族部落格（這就是所謂雖敗猶榮之類的屁話）。可是沒有，他就是出現那麼個幾秒鐘，就在節目裡被當成往生者處理掉了。因為他這個舉動，我開始懷疑他私底下也許搞了個業餘樂團或正在音樂之路奮鬥掙扎。於是曾基巴在那些不工作的假日，上班前下班後的時間裡，一個人孤獨刷著吉他和弦的寂寥身影浮現在我的想像裡，越來越真實，彷彿可以聽見那些躁動的音符狂熱地旋舞。有個想法突然蹦出來砸向我——曾基巴搞不好是個不世出的孤獨天才。這麼看待他之後，我發現自己對他多了幾分敬意。整個晚上我幾乎是以崇拜的眼光遠遠望著他，覺得他身上擁有某種常人無法企及的質素，我甚至覺得他比平常要帥得多，漸漸脫離單向度的帥，因著慘遭淘汰的悲劇變得立體起來。原來仰慕一個人可以這麼迅速有效，只要你信了某件事，調整某個角度，你就會得到你要的偶像。

「你有沒有覺得今晚比較特別？」

「啥？就中出咩有什麼特別。」

「如果有天你變成國際巨星會不會請我去看演唱會？」

「三小啦！你有看到啊？」

「那真的是你？」

「幹。」

我要怎麼跟別人介紹曾基巴？「他可是曾經上過那個什麼選秀大賽十秒鐘喔！在百人淘汰賽那一集有沒有？」我要怎麼對人說明，那短短十秒鐘是我心中最勇敢的十秒鐘排行榜第一名，遠勝於第二名的照胃鏡和第三名的痔瘡開刀。

就像排行榜藏著很多故事，歌曲也藏著很多故事。每個人都有他自己的故事版本。曾基巴上節目選唱的是莫文蔚〈看透〉㊾：**不願讓你看透我的卑微，我卻看透你愛得我好累，假如毫無保留在你面前讓一切崩潰，你就於心有愧，想找辦法挽回，對不對……**看透，或不看透。我不知道曾基巴為什麼選這首歌參賽，但這首歌讓我突然想到從前聽歷史老師講中國皇帝的皇冠為什麼要裝上很多小珠串垂掛在眼前，那並不是為了裝飾或造型。那是為了不讓皇帝看透的象徵物。乍聽之

㊾〈看透〉，詞／林夕，曲／謝霆鋒，收錄於莫文蔚2003年《X》專輯。

下會覺得這不合理，皇帝不就是應該看透很多事情，以便他清楚事物狀況來發號施令嗎？歷史老師當時沒說清楚，我也沒繼續追問下去。然後在這個時候想了起來。看透，與不看透。作為一個密閉場域的ＫＴＶ，待在同一個位置的我因為到處流動漫遊各間包廂的工作性質，老是意外看到某些不知該不該認真凝視的狀況。有次我撞見一對情侶正在沙發上交疊纏綿，電視播放著S.H.E〈戀人未滿〉㊿，只有空洞的伴奏環繞在他們周圍，他們甚至不知道我在門縫窺視他們；又有一次，我看見一個年輕男子把頭埋在另一個中年胖男的兩腿之間規律擺動，背景音樂則是五月天〈愛情的模樣〉㊿……每個包廂總在發生著某些我看見或沒看見的事。就像在各地ＫＴＶ都謠傳已久的傳言，總會有一個服務生精神抖擻地從包廂廁所裡走出來問需要什麼服務，可是同行某人才剛上完廁所出來。我們總是要想那麼一會兒才意識到服務生不應該從廁所裡走出來。某種程度而言，我們都是不存在的服務生，顧客不需要我們打擾，他們來ＫＴＶ就是為了私密的嘶吼空間，可以沒有顧忌喊出各種不快和鬱積內裡的硬塊，他們為了唱〈轉吧！七彩霓虹燈〉或〈爬到屋頂去哭夭〉㊾而來，為了可以不顧形象地唱黃克林〈倒退嚕〉㊿台語極速饒舌而來。那時候我們該適時消失，或視而不見。甚至大包廂裡滿滿一室的火辣傳播

妹，點起伍佰〈妳是我的花朵〉⑭或鄭秀文〈眉飛色舞〉⑮而忘情脫衣舞時，我們都該自動調整成視而不見模式。

這是屬於不看透，也不需要看透的場所。

想到這裡，我覺得曾基巴整個人似乎巨大到成了一個象徵。他有某部分是我熟悉的，長得帥，堅持每晚打扮得很時尚到店裡換上制服，說話不乾不淨又愛造口業，工作態度還算正面。但那個偷偷參加選秀節目卻慘遭淘汰的他，儘管在電視上露臉幾秒鐘，我卻覺得相當陌生，那是類似月球暗面的區域。再擴大來說，所有在KTV每間包廂的每一個人都是不完全透明也無法看透的。包含副理、鬍鬚

---

⑩〈戀人未滿〉，詞／施人誠，曲／B.K.、W.A.，收錄於S.H.E 2001年《女生宿舍》專輯。

⑪〈愛情的模樣〉，詞曲／陳信宏，收錄於五月天樂團1999年《瘋狂世界》專輯。

⑫這兩首歌詞曲都為小應（應蔚民）所作，均收錄於夾子電動大樂隊2000年《轉吧！七彩霓虹燈》專輯。這兩首歌被他一起與乩童秩序樂團的〈我愛世紀末〉列入「哭爸排行榜」前三名。

⑬〈倒退嚕〉，詞曲／黃克林，收錄於黃克林1992年《來自台灣底層的聲音》專輯。他一直在想如果大支來翻唱這首經典台語饒舌歌一定會很有趣。

⑭〈妳是我的花朵〉，詞曲／伍佰，收錄於伍佰2006年《純真年代》專輯。他每回在包廂看見男男女女整齊劃一跳著花朵舞，都有種想膜拜伍佰的衝動。

⑮〈眉飛色舞〉，詞／廖瑩如，曲／Joon-Young Choi，收錄於鄭秀文2000年《眉飛色舞》專輯。

大哥、傳播妹和Ｋ歌之王，他們全都是如此。我只能在包廂裡以陰暗曖昧的燈光認識他們（通常還附帶混亂的背景音樂），而這對於另外某部分人來說又是月球的暗面。我得停止繼續想下去，太陽穴微微起伏的痛感漸漸擴散開了。

早上六點，整個夜晚工作的終結，六點半從ＫＴＶ走出來，天空已經完全把燈打開。一晚工作下來我最喜歡的是下班後的一小時。整座城市乍乍睡醒，惺忪地伸著懶腰，以帶著脫離夢境不久的些微倦意啟動晨間噪音。人們要出門工作上學，我要去吃份早餐回家睡覺。除了ＫＴＶ的工作，我幾乎整天不會和家人說到話。和我交談最多的是來自四面八方的陌生人。我的回家是我家人的出門，我的睡覺是他們的工作，我的工作是他們的睡覺。完全和他們錯開時間並以非常有效率的方式使用這層貸款二十年的公寓住宅，這是我選擇這份工作之後才逐漸發現的好處。我變成他們的暗面，他們是我的暗面，就像錄音帶的ＡＢ兩面，總是要跑完一面才能換面，好比我始終無法真誠喜歡ＣＤ或ＭＰ３格式的音樂。我厭倦過於方便的隨意選擇。

四周日益長高的摩天大樓遮蔽我家公寓原本就不好的採光，連白天都必須

開燈。這個早上雖然疲憊，還不想這麼快把自己扔到床上睡，翻出以前買的卡帶整理整理。但隨手整理這些卡帶卻使我困惑起來。林志穎《不是每個戀曲都有美好回憶》？黃安《新鴛鴦蝴蝶夢》？劉德華《忘情水》？梁朝偉《為情所困》？L.A.BOYZ《跳》？許如芸《淚海》？孫耀威《認識你真好》？……我覺得自己並不認識自己。至少我對自己不熟。我無法理解一個一九〇年代中期的國中生在想些什麼。那個幼稚傢伙怎麼會把這一大票看不出任何品味（老實說偏爛）的專輯堆疊在一起？當然我也無法否認這個傢伙還是有些品味不錯的專輯卡帶像是新寶島康樂隊《鼓聲若響》或伍佰《浪人情歌》，但大部分真的不行。我記得這個傢伙花掉大半壓歲錢買隨身聽，整天用它聽那些可怕的卡帶，在沒有隨機選曲的年代，他充滿耐心地照著錄音帶AB面的順序一首一首聽完。因此整個故事最可怕的部分是他竟然有那個耐心聽完堆在我眼前的全部卡帶，大部分他還聽了不止十次。那時候他總是把隨身聽藏在黑板前的講桌底下，和其他同學的香菸、掌上電玩遊戲機、寫真集和漫畫混在一起。當然這個祕密很快被某個抓耙仔說出去，某天升旗時刻，導師突襲檢查把這一掛違禁品全都沒收。這個國中生記得自己非常緊張，覺得自己犯了和那些抽菸同學一樣嚴重的錯。但他沒真的受到嚴厲責備，

相較那些吸菸被記警告的同學，他只被要求不要再帶隨身聽到學校。畢竟國中生吸菸和國中生聽流行歌是不同等級的錯誤（很多年後他才會知道其實聽很多流行歌比吸很多菸對一個國中生身心戕害程度嚴重得多）。他繼續鍛鍊爛品味聽那些無止盡的哀傷心碎的歌曲。後來那個國中生慢慢長大變成我這個鳥模樣。我一定不太認識自己，要不然我怎麼會想不出自己為什麼最後變成一個在KTV上大夜班的服務生？

曾基巴的故事告訴我，這就是無可避免的月球暗面。這堆卡帶就是我的暗面實體。我並沒有一一翻整全部卡帶，這應該是某個需要自剖的夜裡順手做的事。所以我把自己扔到床上去躺。

燈關掉，我的小世界馬上陷入一片漆黑。

真是無與倫比的美麗清晨。

五、男人KTV[56]

成群疲憊的上班族一起關在包廂裡互相比賽悲傷時，你會想起什麼歌？

我想到的是胡彥斌〈男人KTV〉：**一堆男人下了班不回去，十幾個人關在KTV，唱著青春隨風遠去的回憶，說這年頭還有什麼讓我們動心……**這間包廂就真關著十幾個下了班沒回去的上班族男子，全都扯開領帶，叫了三桶啤酒，在我眼前大合唱〈男人KTV〉。要我說，那還真是可怕的場面。這首歌由一群雄性引吭高歌，當場讓人誤以為在唱哪首雄赳赳氣昂昂的軍歌或愛國歌曲。隔壁包廂則是幾個上班族OL關在一起唱著陶晶瑩〈姐姐妹妹站起來〉[57]：**十個男人，七個傻，八個呆，九個壞，還有一個人人愛……**要不就是陶晶瑩另一首〈女人心事〉[58]：**東區的咖啡座，幽暗的沙發裡，總有幾張熟悉的臉，那種聰明帶點防衛的氣**

質，想放棄卻又不甘心的樣子……應該這麼說，想來ＫＴＶ唱歌的，真的多少都帶著某種發洩的情緒，不管是想發洩或待發洩的那些情緒。看看隔著牆壁的兩間包廂，我還真想替他們辦一場聯誼。男人間不停哀嘆著被甩的慘痛經驗，陷在那些心碎難耐的時光裡；女人間悲情唱著已然消逝的往日情懷，或者困頓在某些愛不對人的憂愁況味。每當偶然聽見某些全是同性的包廂抱怨沒有人可以合唱男女對唱情歌時，我都會產生舉辦包廂聯誼的衝動。這麼可憐的一群男男女女，他們好像一輩子都活在災區等待遙遙無期的重建工程開始。每一個人都渴望遠方來的王子或公主能把他們從平庸無聊的日常生活裡拯救出來，一起去過快樂幸福的日子。可惜那樣的童話過了某一個年紀後，漸漸都知道那想望簡直荒謬得可笑。世

56〈男人ＫＴＶ〉，詞曲／胡彥斌，收錄於胡彥斌2007年《男人歌》專輯。曾基巴說胡彥斌唱什麼都ＯＫ沒意見，可他竟然把張雨生〈我的未來不是夢〉改成節奏藍調版就令曾基巴很氣憤。他的說法是：「他一定覺得自己跟周董一樣——『很陰莖！』」

57〈姐姐妹妹站起來〉，詞／劉思銘，曲／劉志宏，收錄於陶晶瑩1999年《我變了》專輯。

58〈女人心事〉，詞／陶晶瑩，曲／陶晶瑩、黃韻玲，收錄於陶晶瑩2005年《走路去紐約》專輯。對傳播妹來說，「東區」是個既遙遠又陌生的名詞。不是地理上的遠，而是心理上的遠。她混的主要在西區，儘管她總是認為自己有朝一日會混到東區去。

界不存在王子和公主，當然也不會有天使從天而降。於是他們不斷來唱歌，好像想從KTV裡、歌曲裡獲得慰藉，彌補某些在日常生活裡磨損著自己的挫敗。如果可以遇見對的人，生活的乏味折磨是不是就稍微比較能夠忍受？但要是遇見了，又好像只是把對的人消化成錯的人，然後繼續面對無趣的日常生活。整個結論就是無解，而生活還是繼續在折磨人們。我想他們該點一些真正的大合唱歌曲，例如協力對抗SARS的〈手牽手〉⑲，對抗八八水災的〈為你擦淚〉⑳，或者紀念九二一大地震十週年的〈讓愛轉動整個宇宙〉㉑，當然不要忘了最經典的〈明天會更好〉㉒。至少他們擁有一個共同敵人，一個亟需對抗的惡魔災害，而不是自己也住在裡頭的日常生活。

又是一個夜晚，在這裡，在這家KTV的包廂裡，一個提供合法集體憂傷或狂歡的私密場所。這裡不存在介於兩種極端之外的情緒，沒有日常的正常感情，不是大喜就是大悲，所以進來這裡所有的選擇都變得很簡單，無須忍受曖昧不清的情緒，只需要忘情揮霍就好。待在KTV越久，真的越來越易感，連這麼簡單易懂的二選一都能讓我感傷。如果有人問我喜不喜歡這個工作，我該怎麼回答？我大

概會說「還可以」，然後聳聳肩。我們太多時候會說，「還好」、「還可以」，打算用模糊的模稜兩可答覆所有的疑問，然後不要忘了聳聳肩。這個動作可以傳達的另一則潛在訊息是：「誰知道？」或「誰在乎？」我想大多數時候人們只是勉強在一個被派任的工作裡，盡量使自己好過一點。然後像這樣把自己丟進ＫＴＶ包廂，把自己派遣給一首首點播召喚而來的歌曲。一個晚上就能身兼浪蕩子、負心漢、癡情男和好人阿宅幾種角色，總是有歌曲可以貼切描述某些時刻的心境和情感，我們什麼人都可以扮演，就是不那麼想演自己。可是這個自己又不能完全拋棄丟開，結果是唱完三、四小時的歌，出了包廂又要回家做自己。

(59)〈手牽手〉，詞／王力宏、陶喆、陳鎮川，曲／王力宏、陶喆，收錄於〈手牽手〉單曲。曾基巴說這首歌的歌詞真的有點問題：「你想，ＳＡＲＳ時大家都戴口罩，盡量避免肢體接觸，歌詞卻說要『手牽手』？」

(60)〈為你擦淚〉，詞曲／藍又時，收錄於藍又時2009年〈給我一雙能飛翔的翅膀〉單曲。

(61)〈讓愛轉動整個宇宙〉，詞／陳樂融，曲／陳國華，收錄於2009年《讓愛轉動整個宇宙》單曲。

(62)〈明天會更好〉，詞／羅大佑、張大春、許乃勝、李壽全、邱復生、張艾嘉、詹宏志，曲／羅大佑，收錄於1985年〈明天會更好〉單曲。他覺得這首歌詞就是一九八〇年代的人們比較樂觀的鐵證。尤其填詞不只一個人，更足以說明這是一種集體樂觀。

我想起K歌之王，這位至今仍在KTV四處流傳的傳說人物。為什麼我寧願相信他是另一家阿公店KTV的服務生？也許我正在投射自己的狀況到他身上。我恍若看見一個年老髮白的自己在多年之後依然穿梭在KTV包廂，說明計費方式和優惠活動，同時幫麥克風戴上海綿套。可能這中間幾十年我已經做過很多別的事，賣過雞排或馬桶，推銷過靈骨塔或人壽保險，把自己的大半歲月和體力都拿去購買一個叫做家庭或事業的東西，之後再回到這裡來穿上制服過自己的生活。不過極有可能幾十年後KTV完全不存在，就像現在想打個保齡球只能愚蠢地擺動手上的遙控器。因此K歌之王是幸福的。至少比我的老年時期幸福。

「你喜歡這個工作嗎？」我試著問曾基巴這個問題。

「我授權你替我回答。」

「你怎麼知道我喜不喜歡？」

「不知道。不過也不想知道。幹嘛？想換工作？」

「我不曉得。你不是不想知道？」

「你看起來很想講，我就勉強聽一下囉。所以？」

「沒所以。」

「幹。」

不知和曾基巴經歷多少次這種沒有意義的對話。絕大部分都沒有任何值得記錄的必要，幾乎全是循環式廢話。廢話集中在今晚顧客多不多，有哪幾間包廂有勁辣傳播妹或正妹，哪幾間好像在嗑藥狂歡，什麼傳說或怪人出現之類，夜復一夜循環重播著。其中最有意義的兩大對話內容分別是下班之後要去哪裡吃早餐，以及放假時候相約去哪裡吃消夜。沒了。我們從沒打算更進一步認識彼此的私生活，也沒計畫要暴露各自的月球暗面給對方觀摩，我們就像先前我和副理那樣小心翼翼地維持基本朋友交往，因此性質比較接近酒肉朋友那類。除了那次，我沒再問過曾基巴關於他跑去參加歌唱選秀比賽的內幕或心路歷程，我不想背負太多心靈負擔或給予超出我能負荷的安慰話語。他也從來不過問我的家庭或感情狀況，但他知道我沒什麼朋友，偶爾還耍自閉，在網路上比在現實裡活潑多話。曾基巴某回做過比喻，他說我像是一間KTV包廂，裡面不停播放各種排行榜的歌曲卻沒有人唱歌。我不知道他到底想表達什麼。我沒有特別的嗜好，唯一勉強接近嗜好的可能是我還算喜歡唱歌（雖然很久沒唱了，上次唱就是跟副理那次），對許多歌曲好像有點話想說但實際要說又說不太出來。我是個五線譜都看不懂的音

盲，也不會任何樂器，甚至到現在還搞不清楚吉他和貝斯分別有幾條弦，我只能說自己還算認真地聆聽那些歌曲。僅此而已。所以嚴格算起來，我不算討厭自己的工作，何況它現階段帶給我完全跟家人錯開生活的好處（他們好像都在等我換工作，換一個正經且穩定點的工作）。我可以繼續當我的ＫＴＶ包廂。

然後呢？我實在不太想去想這個問題。然後呢，然後呢，然、後、呢？面對這三個字組成的問句，我時常想逃開，要不就隨口編織一個版本讓它暫時不要來煩我。可是沒辦法，它好像一直等在門外，三不五時敲個門，像個急著要借廁所撇條的傢伙。鬍鬚大哥的形象此時跳出我的腦海。這位大哥都在幹些什麼營生？為什麼不把鬍鬚剃乾淨又為什麼唱歌要帶著黑衣人鼓掌部隊？尤其想問他為什麼這麼病態地維持包廂整齊清潔？……之後是副理的影像跑出來，那晚她跟著我去唱歌的樣子。我喜歡她那天晚上的模樣，比較像個活生生的女人，而不是螢幕上的一行暱稱也不是ＫＴＶ那個板著臉孔的上司……後來是傳播妹浮了出來，好像還在跟我討價還價，她的表情看上去卻是無比疲累。這些、那些、種種的，使我無法安心繼續當一間包廂。何況這間包廂就在日常生活裡，真實無比。

欸，該起床了吧？

我大概是病了。

今天好像是我三十歲生日？

我猜我該起床到ＫＴＶ慶祝一下。一定要點康康〈快樂鳥日子〉63和溫嵐〈祝我生日快樂〉64，還有什麼其他的歌適合今天呢……

63〈快樂鳥日子〉，詞曲／博修，收錄於康晉榮2000年《康康康樂隊》專輯。這首歌的ＭＶ裡，康康會停下來對著你清唱一小段祝你生日快樂。康康不知陪伴多少人度過一個人的孤單生日，這同時是他、曾基巴、副理、傳播妹、鬍鬚大哥和Ｋ歌之王「最安慰排行榜」第一名的歌曲。不過他們彼此都不知道這件事。

64〈祝我生日快樂〉，詞／鄭中庸，曲／周杰倫，收錄於溫嵐2004年《溫式效應》專輯。這是從前他每回到ＫＴＶ必點的歌曲。那時候他失戀，覺得每天都是自己的生日，因為每個晚上他都要死上一回。

bootleg  B

寶瓶文化事業 AQUARIUS

愛書人卡

感謝您熱心的為我們填寫，
對您的意見，我們會認真的加以參考，
希望寶瓶文化推出的每一本書，都能得到您的肯定與永遠的支持。

系列：Island116 **書名：靴子腿**

1. 姓名：__________ 性別：□男 □女
2. 生日：____年____月____日
3. 教育程度：□大學以上 □大學 □專科 □高中、高職 □高中職以下
4. 職業：__________
5. 聯絡地址：______________________________

   聯絡電話：__________ 手機：__________
6. E-mail信箱：____________________

   □同意 □不同意 免費獲得寶瓶文化叢書訊息
7. 購買日期：____ 年 ____ 月 ____日
8. 您得知本書的管道：□報紙／雜誌 □電視／電台 □親友介紹 □逛書店 □網路 □傳單／海報 □廣告 □其他
9. 您在哪裡買到本書：□書店，店名________ □劃撥 □現場活動 □贈書 □網路購書，網站名稱：________ □其他________
10. 對本書的建議：（請填代號 1. 滿意 2. 尚可 3. 再改進，請提供意見）

    內容：__________

    封面：__________

    編排：__________

    其他：__________

    綜合意見：______________________________
11. 希望我們未來出版哪一類的書籍：____________________

讓文字與書寫的聲音大鳴大放

寶瓶文化事業有限公司

（請沿此虛線剪下）

廣 告 回 函	
北區郵政管理局登記	
證北台字15345號	
免貼郵票	

寶瓶文化事業有限公司　收

110台北市信義區基隆路一段180號8樓

8F,180 KEELUNG RD.,SEC.1,

TAIPEI.(110)TAIWAN R.O.C.

（請沿虛線對折後寄回，謝謝）